錯乱詩集　一日、一詩。

山下 徹

澪標

錯乱詩集　一日、一詩。

目次

一日、一詩。

第一部

第二部

一日、一詩。

・日付は作品の制作年月日を表示
・作品はすべて芦屋芸術のホームページ（奥付参照）に発表
・第一部の作品は、詩画集「一日、一詩。」と題して著者の主宰する個人誌「芦屋芸術十六号」（2023年3月1日発行）に収録

装　幀　上野かおる
本文デザイン　山下　徹
山下　悦子

一日、一詩。

第一部

前置き

ここに収められた三十九篇の作品のうち、最初の八篇を除いた十月三十一日から十一月三十日までの三十一日間に書かれた詩と挿絵三十一篇は、毎日一篇ずつ一か月間にわたって作られたのだった。よって「一日、一詩。」と題した。また、最初の八篇の詩と挿絵も、同時並行して「フォト詩集　親水公園にて」（発行所「芦屋芸術」）を作るためにほとんど毎日写真を撮りそれに併せて詩を書き続けていた。その詩集は十一月十九日に発行した。午前中、私は従来通り事務所に出て四十四年間やって来た仕事を続けているが、帰宅してからは家事以外、ほとんど作品制作に没頭していた。実際、私の脳は言葉と挿絵と写真まみれになっていた。ほとんど狂っている、そう言えばそうなのかも知れない日々だった。

二〇二二年十二月十九日、記す

2022-7-23

① スライスされたもの

体は冷たくなっていた。

先ほどまではまだガタガタ震えていたのだが、ぴたりと静止したまま、カチカチ固くなっていた。また、絶え間なく刻む音がした。それは時計の秒針ではなく、刃物に似た鋭い先端がカチカチ固まってしまった体を刻んでいるのだった。シコシコ、ゴソゴソ、ゴソシコ、ゴリゴソ、シコゴリ、ゴリゴリ、ゴソゴリ、ゴソゴソ……奇妙な連続音だった。

最初、狭い穴から連続音が聞こえていたのだが、強烈な音の圧力で穴が破れ、辺りいちめん、さまざまな音が氾濫した。未明まで住んでいたあちら側で発生したすべての生活音が、いっせいに騒いでいた。吐息や罵声、約束や裏切り、爆笑や嘲笑、愛やオナラなどが集中し凝縮して一本の鋭い刃先を合成し、冷たくなったこの体を切断して、シコシコ、ゴソゴリ、無数の断面にスライスしていた。

もう男でも女でもなかった。あるいは、男でもあり、女でもあった。いよいよ秘密が暴露されようとしていた、ニンゲンとして暮らしていた秘密が。サアア、最終段階だ、そんな

録音テープが流れると、スライスされた断面がモウモウと吹きあがった。

2022-8-12

② いのちの火

まだ燃えていた
あなたがいて　また
もうあなたがいない場所には
骨だけが残り
座っていた
笑っていた
確かに
まだ燃えている
わたしのこころと
あなたの骨が
未明
輝きあって

重なりあって
やわらかく開き
ついに　ふたつのくちびるになって
しっとり語りあうほどに

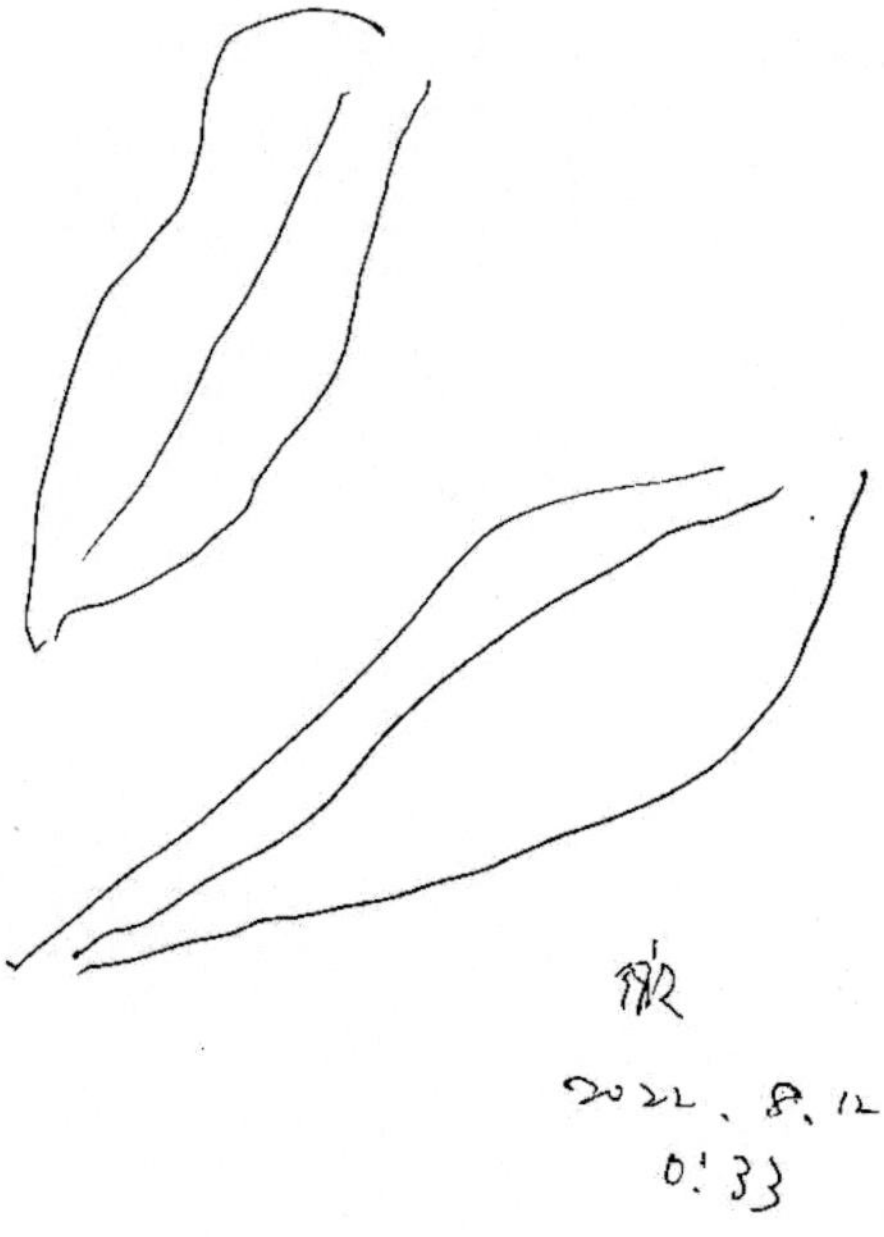

2022-8-19

③何故

どうして二派に分かれて争っていたのか、私にはわからなかった。ただわかっていることは、投石や火炎瓶が渦巻き、見知らぬ暴徒が殺到する中で、私自身も争い続けていたのだった。

夜の街、いや、あれを夜の街というのか、だだっ広い、あちらこちら亀裂が走っているコンクリート造の広場めいた場所に流れ込んで二派が対峙し、街路樹の落ち葉のように乱れ、混乱していた。

私は薄暗い片隅に潜んでいた三十代半ばの男と視線が合った。おびえて歪んだ顔に上唇の右辺を右耳に向かって引きつらせ、腰を引き、前傾姿勢でほとんど白目をむきだしていた。実は私もおびえていたが、残忍なしぐさでこぶしを振り上げ、不敵な笑みを浮かべていたに違いない。悲鳴を上げて背中を向けて逃げ出したその男を追いかけ、後ろから肩をつかんで、路上に投げ倒した……

……おそらくその男の自宅ではなかったか……私は彼を逮捕して連行し、何やら大声で脅しつけ、難詰しているのだった。安っぽい小さなテーブルを囲んで、彼の左側にまだ三歳児くらいの男の子が座っている。顔は定かでなかった。というのも、なんというか、映像全体が濁ったプールに潜って撮影されているのか、これはまったく不明瞭な世界の出来事だ、私の脳裡にそんな言葉がチラッとよぎるのだった。

テーブルを隔てて彼の顔と突き合わせて座っている私の右隣には、私の耳と肩と腕にわずかに接触する彼の妻の息づかいと体の気配を覚えた。全体がボンヤリとして彼女の下半身があるのかないのか、判然としなかった。顔らしきものと胸らしきものはあったが、表面がヌルヌルしていて、ずっと無言のままだった。夫の逮捕劇を見て悲しんでいるのかどうか、いや、私が確認した範囲内では、極論すれば、死体のように無表情だったに違いない。

私はインスタント焼きそばの袋を五つばかり両手に挟んで小刻みに上下させながら、何やら彼等に怒鳴りつけていた。夜食の準備でも指示しているのだろうか。皿に盛ってまず彼の息子にそれを与えた。床に臥せったまま彼がそれをすすっている。ズルズルした音がテーブルの下から聞こえてくる。ところが、逮捕された身分でありながら、俺にも早くくれといわんばかりに、男は駄々っ子のようにしつこく自己主張を始めたのだった。私はドスンとテーブルをたたいた。激しい怒りが込み上げてきた。この野郎と叫んでいたのかもしれない。あるいは、殴り倒したのかもしれない。だがすでに、すべては消えてしまったのだ。わずかにこの映像だけが記憶にこびりついているばかりだった……床の上に倒れている彼を私は上から羽交い絞めにして連呼していた。これでもか！　これでも焼きそばか！　これでもまだ焼きそばか！……

私はベッドに寝ころんだまま、薄暗い未明の天井を仰いでいた。何故か耐えがたい自己嫌悪に苛まれていた。

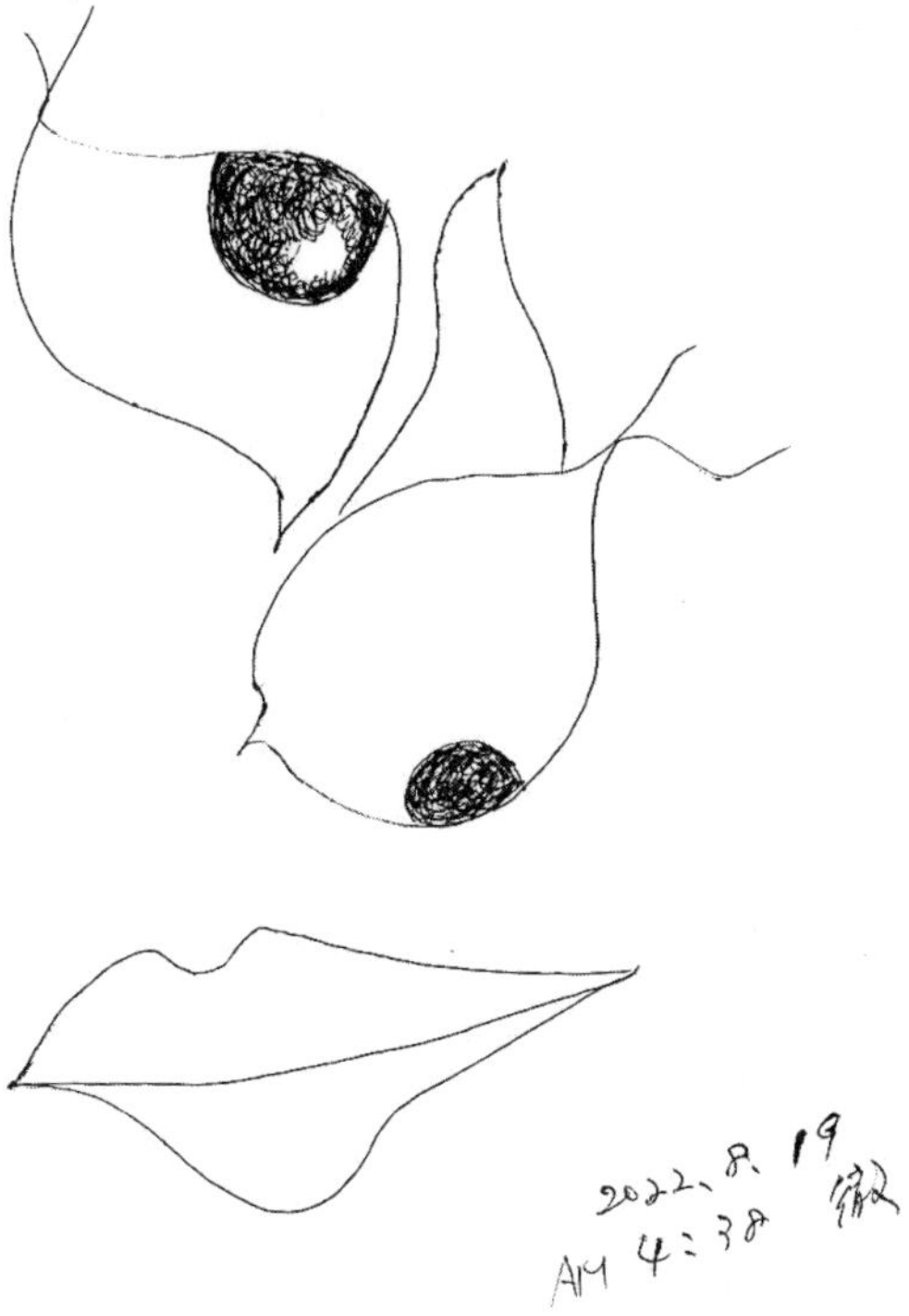

2022-9-5

④眉間

洗濯機だとばかり思っていた。

衣類を投げ込んだ時、思った以上に底が深いのに気が付いた。それればかりではなかった。穴は垂直な小さい空間ではなく、かなり深く、横にも広がっていて、果てが見えなかった。薄暗く、荒れ果てた、広大なゴミ捨て場に違いなかった。さまざまな汚れた下着、破れた袋、そこからネトネトした生ごみや得体のしれない骨や手足が散乱していたが、そんな腐敗した生活の断片が辺り一面に転がっていた。おそらくまだ三歳くらいの男の子だろうか、ゴミダメの上を滑るように移動していた。彼はロボットだろうか。いったい誰が操作しているのだろうか。

不意に彼が穴の底からジャンプして、私に飛びついてきた。顔面に彼の頭がぶつかって来るのがわかった。私の眉間から血が流れていた。

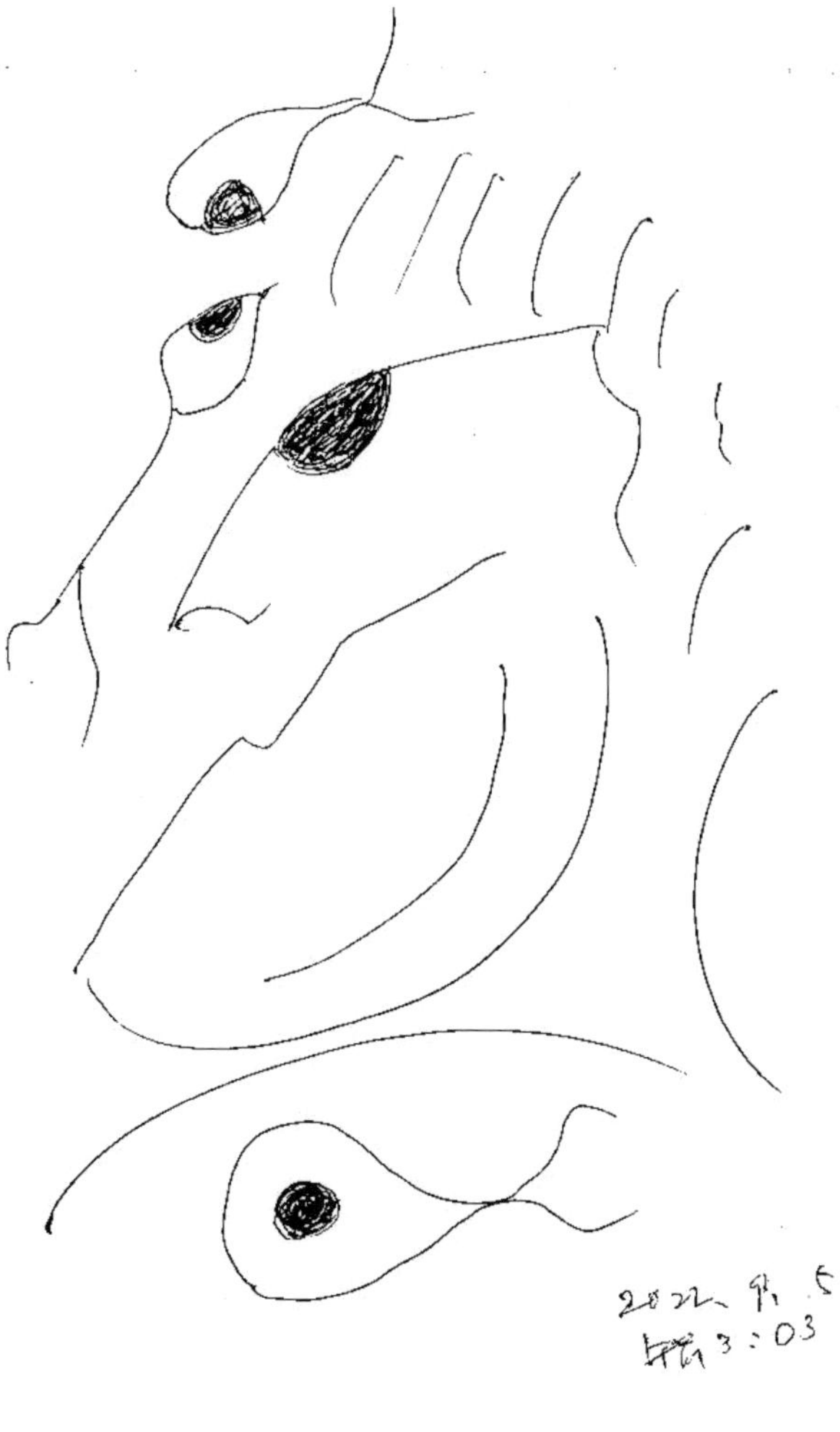
2022.9.5
午前3:03

2022-9-10

⑤ 虫の息

あの女は巨大だった。私は毎晩、彼女の手のひらの上で寝ていた。だが、状況が徐々にわかってきた。決してあの女が巨大なのではなかった。姿見に映った私はゴキブリだった。彼女はゴキブリが怖くて、嫌悪していた。明るい台所で私を見かけると、恐怖の余り、キャー！　叫び声をあげるのだった。新聞紙を丸めて、私を叩き殺そうとした。かろうじて冷蔵庫の裏側へ私は逃げた。必死だった。

だから、深夜、あの女が熟睡するのを待った。私は忍び寄り、彼女の手のひらをベッドにするのだった。やわらかい親指の根元に吸い付き、夢中で体液をすすり続けた。顎まで体液で濡らして、恍惚とした。このまま彼女の手の上で死んでもいい、もうすっかり握りつぶしてほしい。今度生まれたらきっとニンゲンになって、ゴキブリだったすべての過去を忘れ、あの女とひとつになるまで愛しあいたい、そう思った。

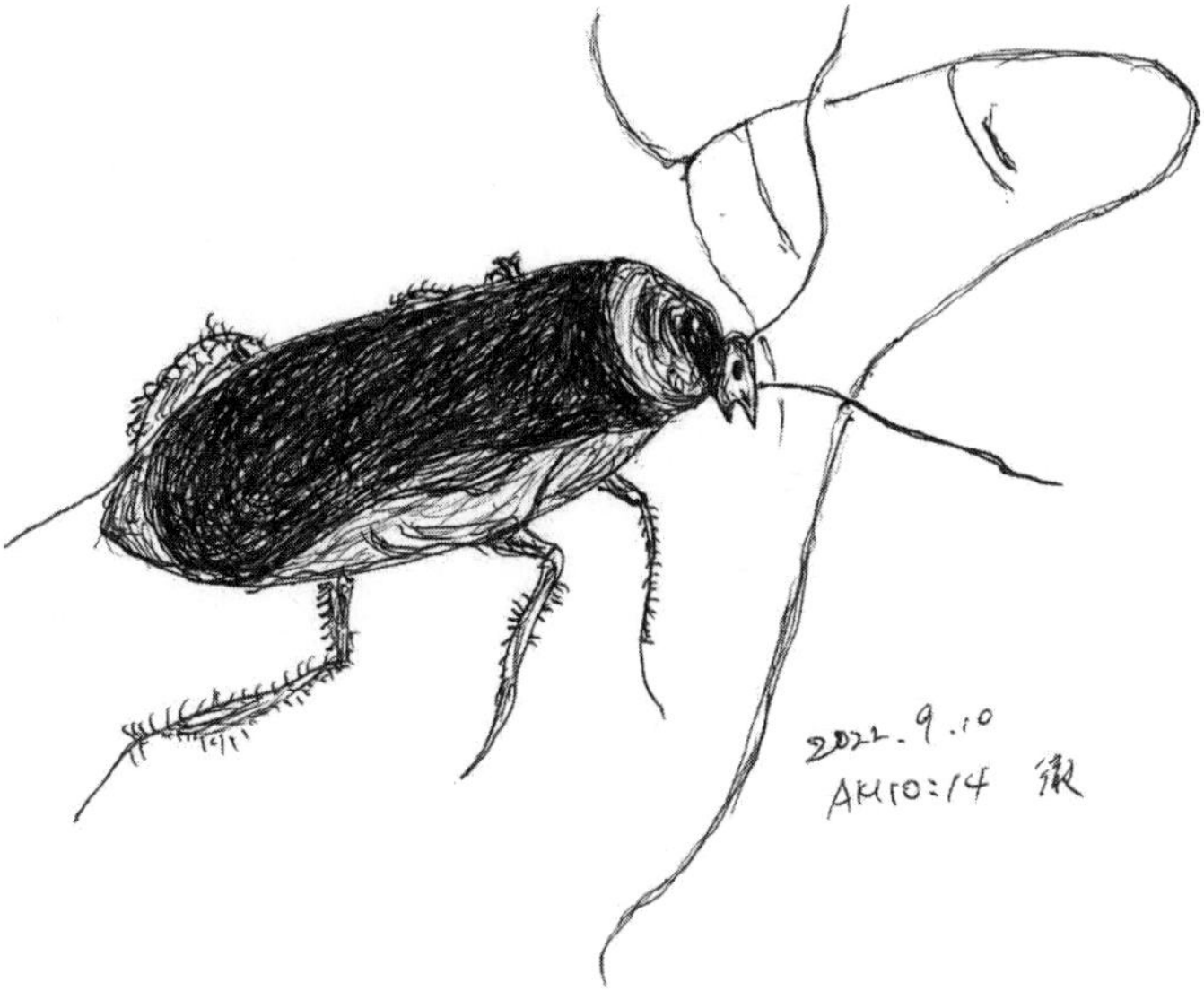
2022.9.10
AM10:14

2022-10-2

⑥ 兵士

　その時には、もう私はかなりの手傷を負っていた。このまま死んでしまうのではないか、この世にしがみつこうとする欲望をほとんど放棄していた。マブタから耳や肩や太ももやら、ふくらはぎ、足首に至るまで、体のあちらこちら血が流れていた。全身が痛みのカタマリになっていた。

　不意に天井裏から声がした。厳しい口調だった。

「お前を助けに来た。天井の方へ手を出せ」

　薄暗くてそれまで気づかなかったが、この部屋の天井はとても低く、いまにも頭が触れそうなくらいだった。その上ちょうど頭の先の天井板がめくれて、人が脱出できるほどの穴が開いていた。その穴に向かって右手を上げ、左手は血が流れ始めた腹部を押さえていた。

　ふたりの兵士が私を抱え上げ、天井裏の床板に仰向けに寝転がした。ずいぶん昔に本で読んだ中世の風貌をした騎士そっくりだ、そんな言葉が浮かんだのが私の最後だった。ひとりは私の心臓、もうひとりは下腹部を剣で刺し貫いていた。

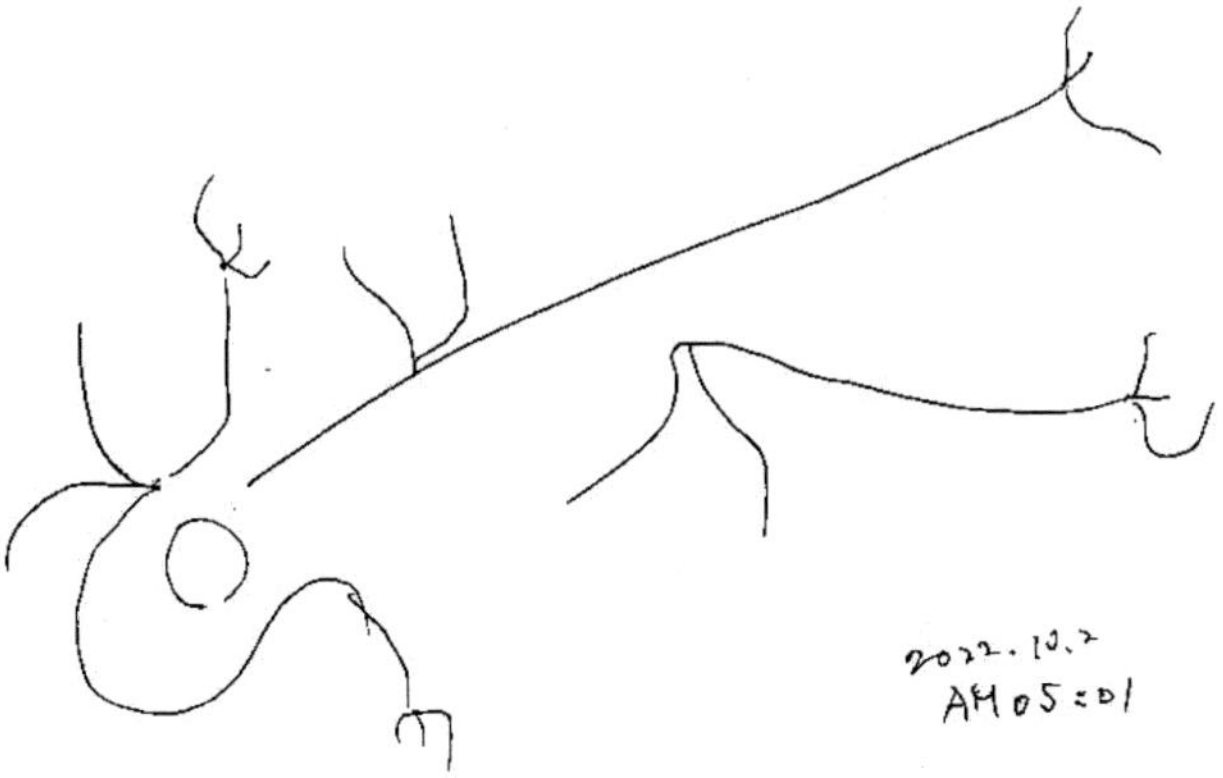

2022-10-24

⑦ 住宅街

甲子園浜の西方に今津港があるが、どうやら私はその界隈を歩いているようだった。小さな港の東側には中規模の公団住宅があり、以前私はここを住まいにしていた。最初、十一階建ての最上階、数年後もう少し広い部屋が空いたので八階に移ったが、南側のベランダから公園や海が見え、あの頃は、毎日彼女たちと素晴らしい眺めを楽しむことが出来た。

いま、この界隈を徘徊しているのは、私一人ではなく、かたわらにMがいた。なぜか私は彼のバイクを引きながら歩いていた。時折、それに乗ってふざけて車体を斜めに傾けたまま飛ばしたりしていたが、バイクから降りると、いつもMがそばに立っていた。……この情景の映像が流れる天井を見あげて、私はベッドに仰向けに寝ころんでいた。いぶかしげに首を傾げて……というのも、免許証がないばかりか、今まで私はバイクを運転した経験さえ一度もなかった。小学校低学年の頃、私を可愛がってくれていた高校を退学したご近所の青年が免許を取って初めてバイクに乗った時、後ろの座席に座って暴走する彼の腰にしがみついていたが、その恐ろしい経験がトラウマになっていた。私は二度とバイクに乗れなかった。

私とMは、昔よく行った居酒屋を探そうとしたのか、狭い洞窟のような建物の内部をうろついていた。先に入ったMの姿が見えない。Mだけではなかった。かれこれ三十年もの過ぎ去った歳月が飲み屋の赤い提灯が並んだこの路地を一瞬にしてまるごと消してしまった気持がした。だが、さらに私は追想していた。……いったいこんなところに居酒屋なんてあるのだろうか。そもそも私にいきつけの居酒屋なんてあっただろうか。……私はひとり、無人の住宅街をさまよっていた。この住宅街はすべてが壁で出来ていて、屋根瓦一枚見えなかった。そればかりか、どこにも空がなかった。

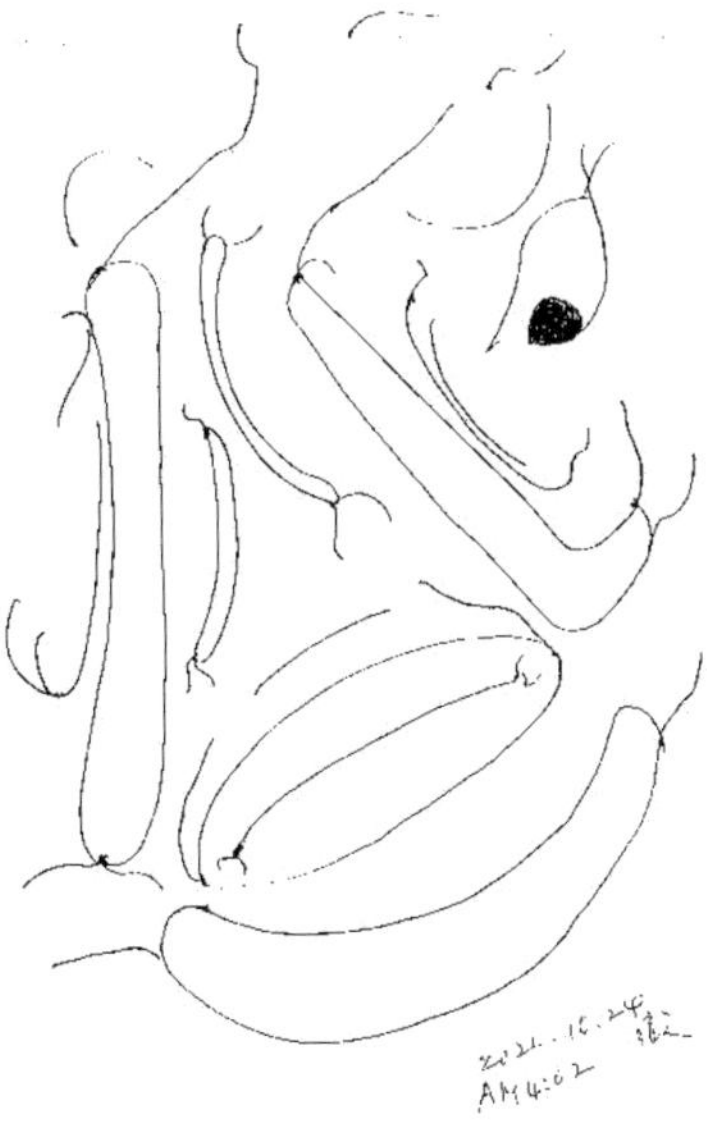

2022-10-27

⑧再契約

京都の町だった。二条城近辺だったのは、確かなことだった。十代までは京都のあちらこちらを観光した記憶がある。しかし社会人となってあくせくし始めてからこのかた、観光ではなく、時折ビジネスで私は京都を訪れていた。

もう四十年近い昔になるのだろうか。一年契約だったK社の再契約のため、私は担当者と面談していた。その会社は建材の卸を中心にした中堅企業だった。何故か、とても薄暗い場所だった。相手の顔の輪郭でさえ透きとおったゴムのカタマリのようで判然しないのだった。全体がうすボンヤリとしていた。

再契約のためあらかじめ私が持参した某外資系企業の契約書は、紫色と橙色の文字で契約内容や契約者の社名・住所が印字されていた。だが、担当者が、

「社名変更になった。契約書を訂正する」

そう言って、契約書の上に新しい社名や住所を新会社のゴム印で押印して訂正したばかりではなく、契約内容まで「これも修正するんだ」、そう呟きながら黒インクでべったり

汚してしまった。

私はベッドの上に寝転んだまま、この契約書を再確認していた。ダメだ、こんな契約書では無効だ、私は担当者をにらみつけたが、彼の姿はもうそこになかった。ダマされた、ハメられていたんだ！　その瞬間、私は底なしの泥沼に突き落とされ、仰向けになったまま顔を歪めて苦悶していた。既にビジネスマン失格者の烙印をヤキゴテで額に焼き付けられていた。まだ二十世紀をうろついているのか。こんなところでグダグダ油を売っているのか。叱責する声が脳の中でワメキ続けた。お前の時代はもう終わっている。さらばだ！

2022-10-31

⑨ たそがれと夜のくちびる

メガホンに押しあてた　くちびるが
たそがれているなら
この小さな円錐形を
夕空の涯まで拡大した
見えないメガホンの世界は
もうすぐ夜だといえるだろう

無限大の夜の中で
くちびるは
ひとりぼっちだった

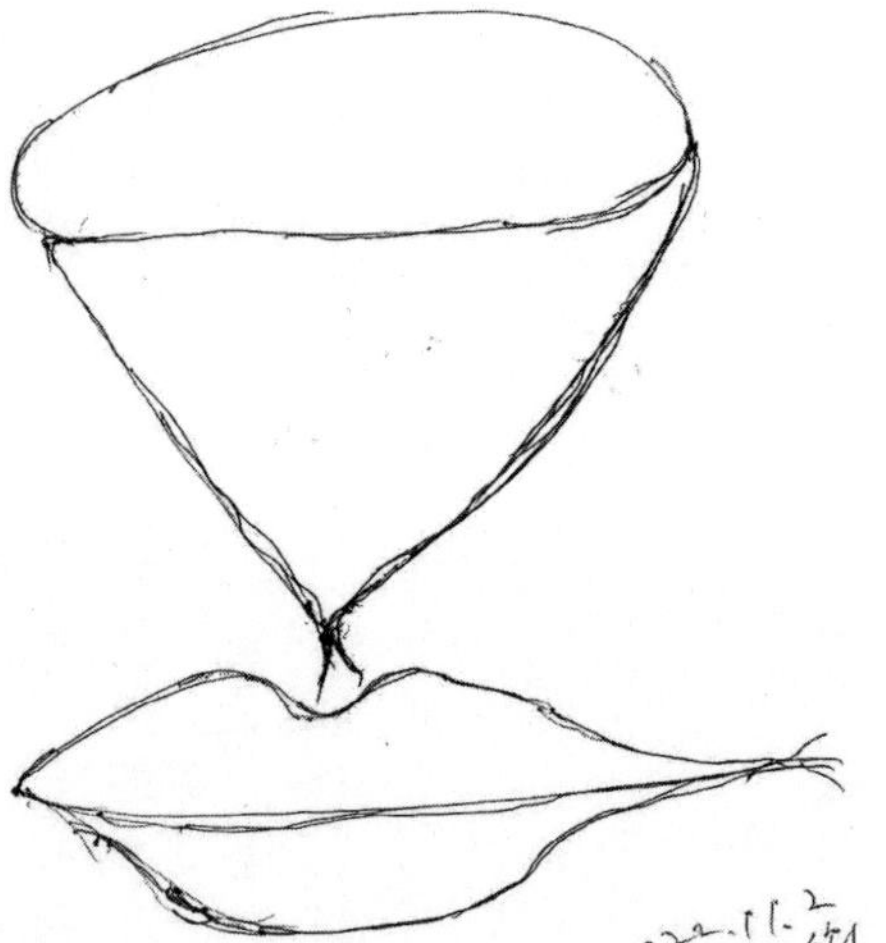

2022-11-1

⑩ クスグッタカッタ

寝床カラ起キアガルト
背中ニビッシリ牡蠣殻ガコビリツイテイル
ソレハ腐ッタ船底ダッタ

ダガ決シテ幽霊船デハナカッタ
何故ナラ
七十三年ノ歳月ガ

キャビンデスープヲ啜ッテイル間ニ
過ギ去ッテイタノダカラ
幽霊船ナラバ

決シテスープナド啜リハシナカロウ
七十三年間　スープ皿モ洗ッテイタノダ
ソシテ

ヤオラ　ムックリ起キ上ガリ
鏡台ニ腐ッタ背中ヲ映シテミタ　ソコニハ
凸凹シタ牡蠣殻ニ海藻ガハリツイテイテ

指デ剝ガシテミタラ
イチメン船虫ガ　ガサゴソ
這イズリ回リ出シテ　トテモクスグッタカッタ

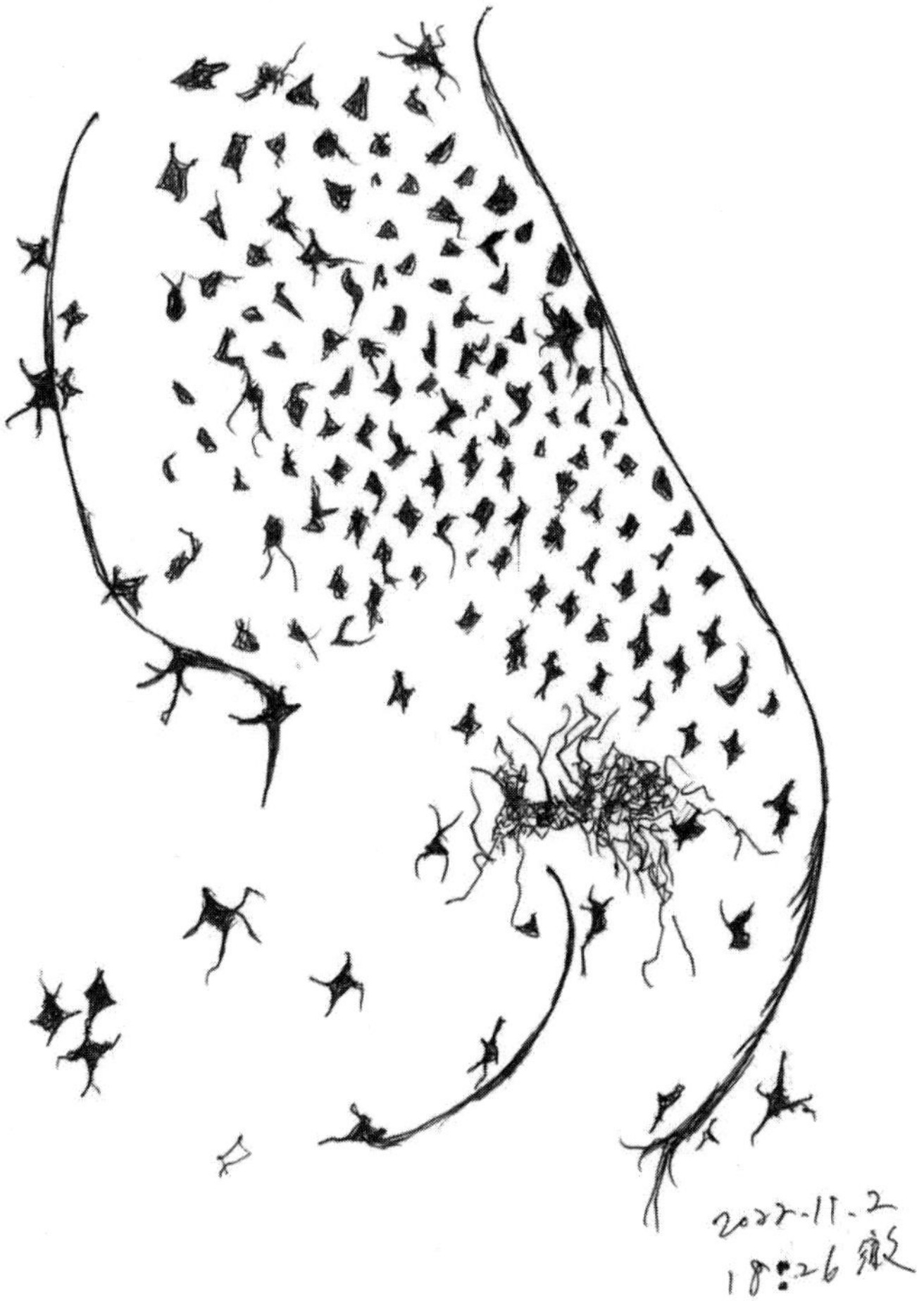
2022-11-2
18:26

2022-11-2

⑪ 今夜モ舌打チシナガラ

夜ノ唇ハ呼吸ヲ激シクシテ　泥色ノ霧ヲ噴キ出シテイル
見レバ　泥霧ガ流レル門前カラ路地ニ
青空ノ足跡ヲ残シタママ

ソウダ　モウスッカリ冷メテシマッタ
七十三年間浴ビ続ケタ真昼ノ光線ノ　ワズカ二三本ヲ懐ニ忍バセテ
ベッドノ上デ　毎晩　磔ニサレルノダ

闇ガ裂ケタ唇ノ中カラ　全身ニ詰メラレテ汚泥化シタ七十三年ヲ噴霧シ
両足ノ指ガ塩ヲ撒カレタ十匹ノナメクジミタイニ　シキリニ苦悶シテルノヲ
今夜モ舌打チシナガラ　ジット見ツメル私ダヨ

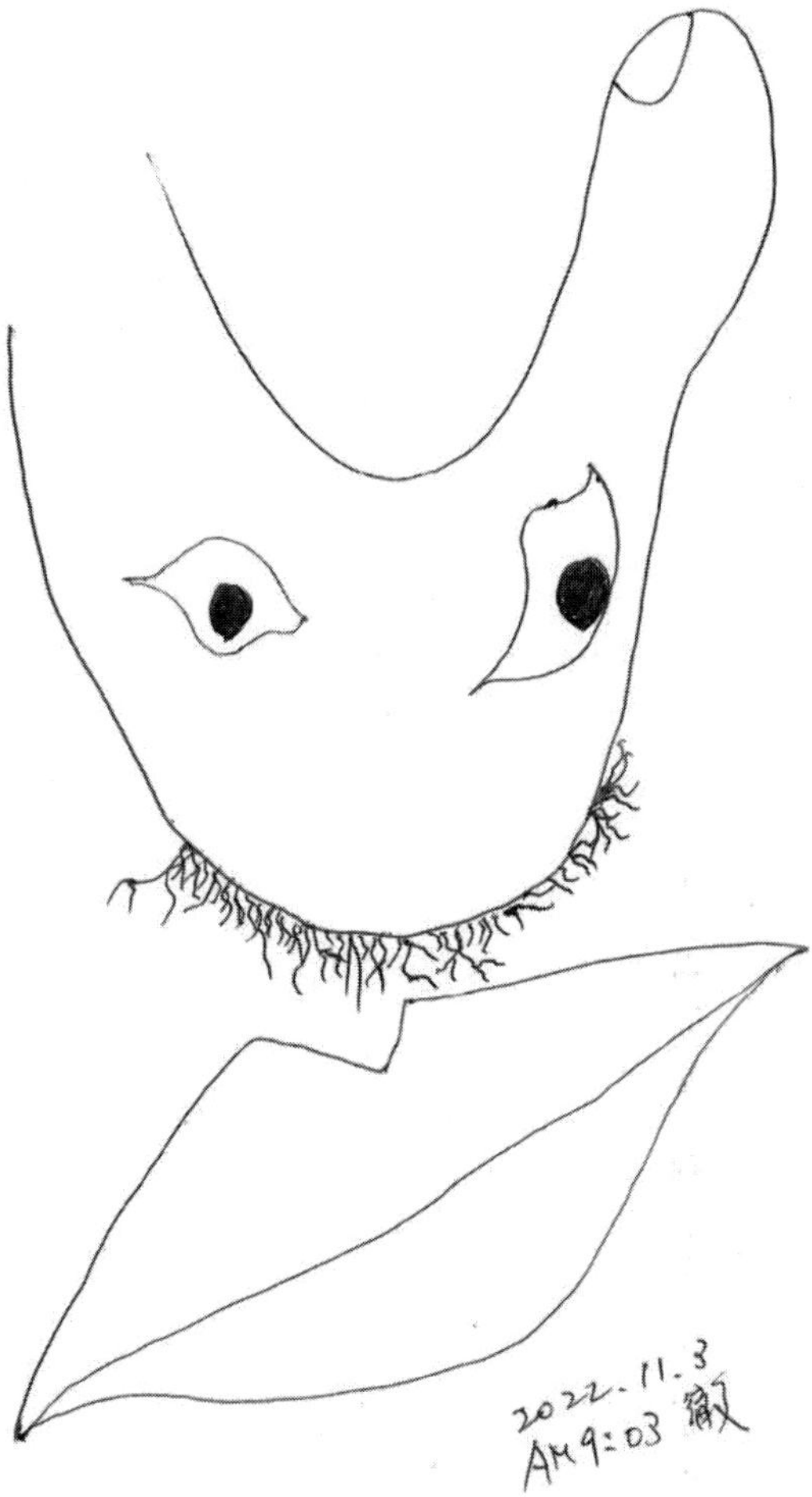
2022.11.3
AM9:03

2022-11-3

⑫ 香木を握りしめる男

終日　死のうと思いつめたら
茶碗まで生物に見えてくる

雨夜がある
香木を握りしめる男の雨夜がある
香木を握りしめる男の腰のあたりに
おびただしい蟹が泡をふいている
香木を握りしめる男の辞書は
いつも「嘆き」ばかりを引用して虚しくふさがれる
たましいはスレートのほうへふらふらなぞりゆき

たよりもなげに雨粒といっしょに
妹の厚化粧なてのひらのうえへ
落ちていた……

落ちる
からだは　ベランダへ落ちてゆく　愛欲の蟹の転落音　過去のあの交わりの音
香木を握りしめる男は　香木を握りしめたまま
妄想とその腐欄のいやはてまで

まっしぐらに
落ちてゆく
不健全なまでに透明な嘆きが
彼を指へつらねてゆく

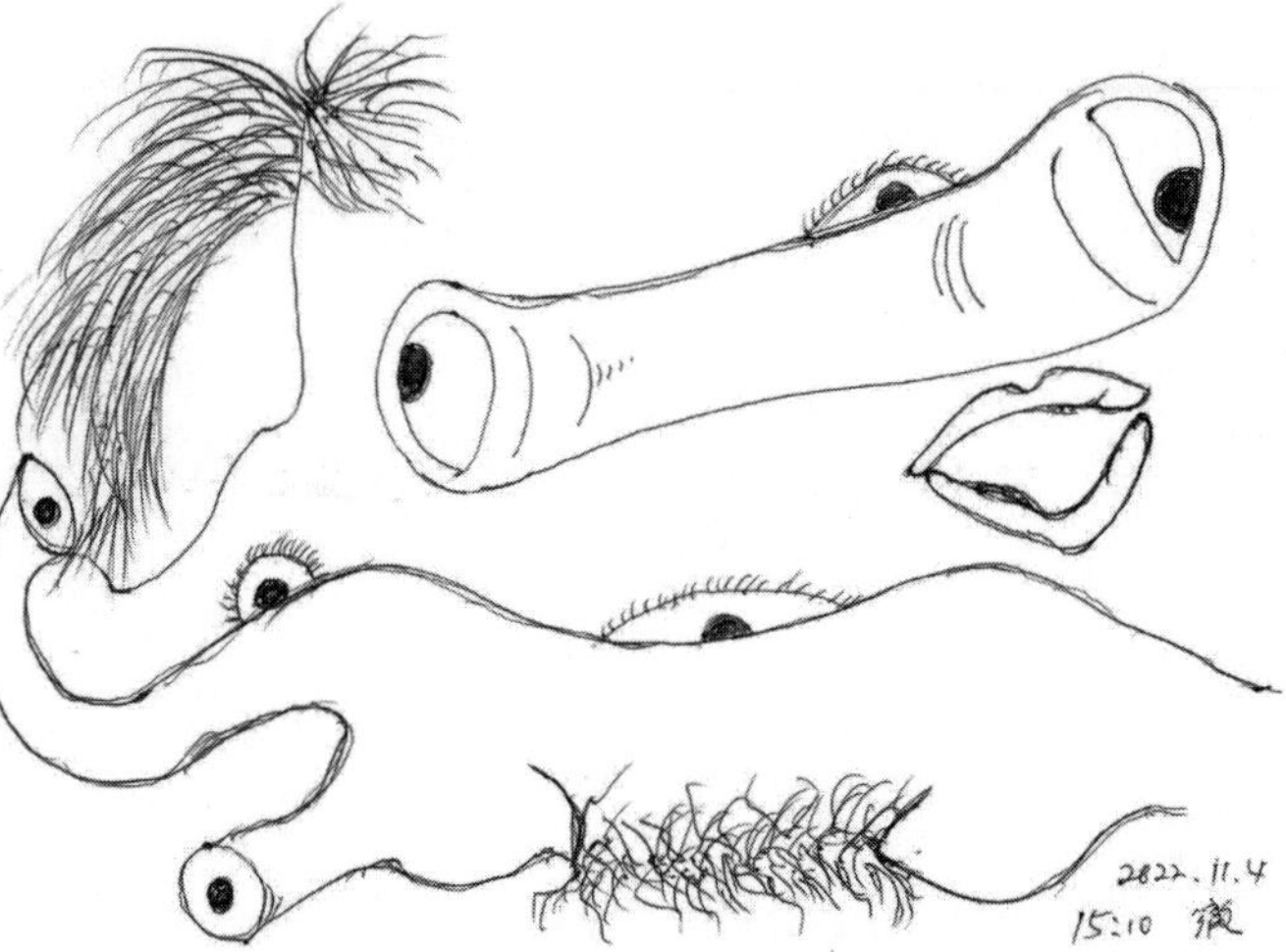
2022.11.4
15:10

2022-11-4

⑬ 修行

箸を置いて
茶碗を見つめている

お願いいたします

深夜の道場で
膳をはさんで対座したまま
やおら　オコゲのついた飯粒を箸でつまみ
ためつすがめつ眺めて
かく語った

先生　まぐろの刺身です

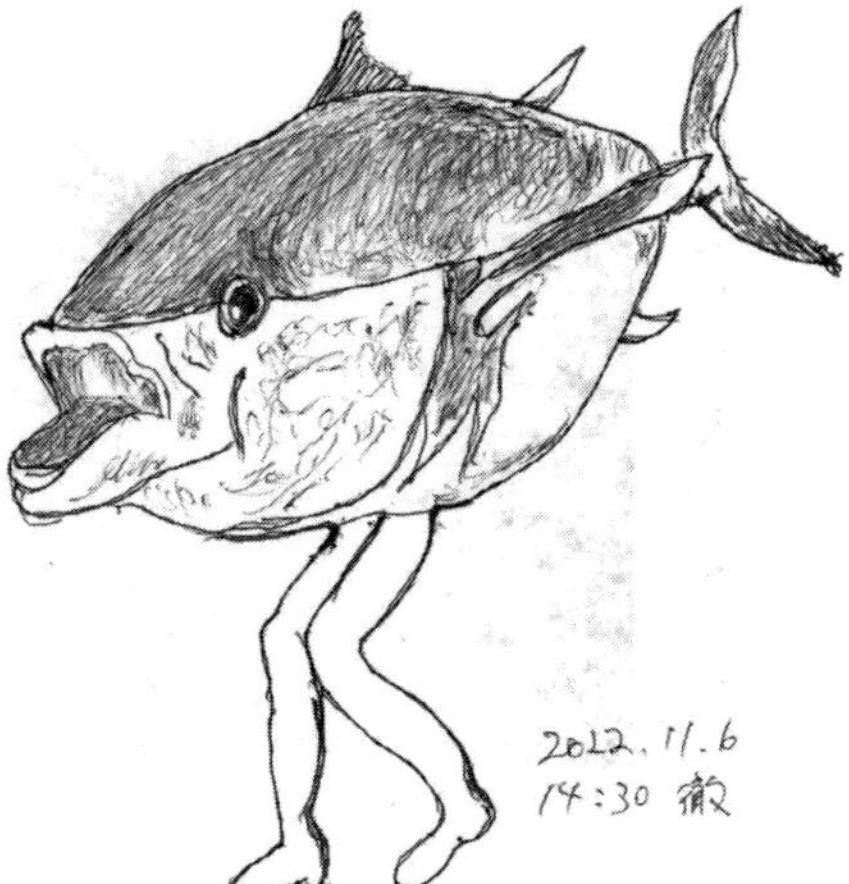

2022-11-5

⑭ 夢と粉末

氷の地区はやはり実在していた。

この実在について私はもうこれ以上あなたがたと議論はすまい。確かに彼等は粉末を常用している。その結果、彼等の体温は著しい低下をまねき、既に氷点下に達している。事実、外気と触れ合った彼等の表面からアイスキャンディー状の液体がしたたり落ちている。最近、繁華街で上半身に歯型の付いた棒状の生命体がおおぜい歩いているのもあながち偶然ではあるまい。この地区の住民はほとんど五分おきに粉末を服用している、そんな報告さえ私の研究室には届いている。また、突然死した棒状生命体の解剖から、このように結論されるに至った。この粉末を毎日二百八十八回、この数値は六十分掛ける二十四時間割る五分、この数式から解が導かれたのであるが、三か月継続するだけで標準体の患者ではまず血液が凍り始め、徐々に脳から鼻腔・食道を落下、直腸・肛門、果ては足の親指まで氷が詰まっていた。言うまでもなく外気と接する棒状生命体の表面から糖が混じった甘い汁がしたたり落ちていた。彼等はお互いをなめあい、しゃぶりあい、ついに一本の棒状物質へと転化した。

ここから予測されるのは、近い将来、この生活圏では無数の棒化した人体の残骸が山積みになっているであろう。ここに至って、私はこれまでの研究成果を述べる時が来たと思う。私がこの地区で最初に出会った彼について語ることが、同時にすべての住民について語ることとなのだと。

彼の血管には夥しい氷の粒が流れていた。それは体内を幾度も循環し、増殖過程をたどっていた。脳から鼻腔・食道が凍り付き、ついに肛門に至るまで……これ以上、私は語るまい。体温が急激に低下した時、必然的に彼の肉体の機能は停止したことを。

彼は脳が凍り付いたのを自覚した一瞬、ただ独りひっそり泣いていたのかも知れない。彼の閉ざされた氷の瞼から、頬を伝って顎の下まで、ふたすじのツララが垂れ下がっていた。だがしかし亀裂が内部からやって来た。彼の硬直した全身の皮膚に無数のヒビが走り……かつて愛用した粉末のごとく彼は氷の粉末となって、膝を折り、粉々に砕け散った。完全に消滅した。そこにはもはや、棒状物体さえ残されてはいなかった。……

もう誰が笑ったっていい。何を告げ口されたっていい。今こそ私はあなたがたに向かって率直に問わねばならぬ。ただひとつのこの問い！　そうだ。ではなぜ、いったいどういうわけで、粉末が氷なのか。

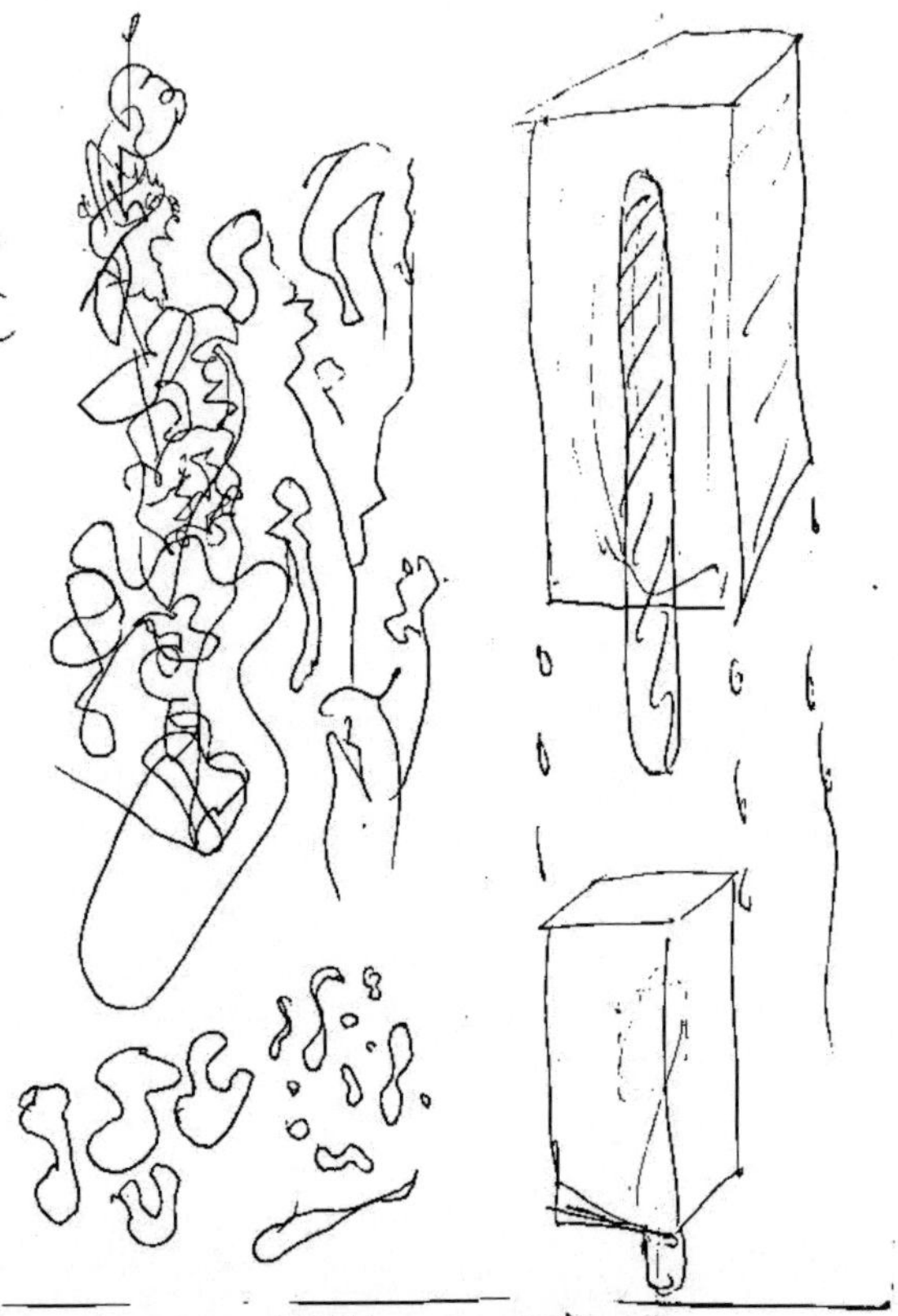

おそらく1973年、二十四歳頃の
この作品の原稿の片隅に残された
落書二点。

2022-11-6

⑮ 法則と絶望

突然フィルムが逆転したのか、床に粉みじんになって散らばっていたガラスの破片が、落下した時とは逆コースをたどって宙に浮かび、テーブルの上でもとのコップに復元されていた。

ここで吉月君の制作した科学映画「反熱力学第二法則の物理」が終演した。

熱力学第二法則についていまさら説明する要もない……室内が照明されると、吉月君は熱っぽく語り始めた……つまり、端的に言えば、すべての物体は無秩序へと移行する、とまあ規定できるのですけれど、たとえば……彼はまだ中学生のくせにタバコに火をつけ、気持ちよさそうにスパスパ吸い続け、恍惚として目を閉じて、ゆっくり唇から煙を吐き出しながら……このタバコの煙の形状をご覧ください。もちろん形あるものは一定の秩序に組み立てられているにもかかわらず、ホラ！　こんな具合に時間の経過とともに室内に拡散して無秩序化してしまう、これが熱力学第二……もう一度彼はタバコを深く吸い込んで、天井に向かってフウッと長いらせん状の煙を吐き出し、人差指を突き立ててそれを指し示して……そうです、第二法則です。

煙⇩拡散

コップ⇩破砕

これです。すべての物体は例外なくバラバラに拡散し崩壊します。しかし、私はこの科学映画「反熱力学第二法則の物理」では上記の図式が逆転した場所、いわゆる特異領域を映像化したいと意図したのでした。……「これです、これです」、彼はそう連呼しながら、黒板に白墨で書き続けた。

拡散⇩煙

破砕⇩コップ

「吉月は、やっぱり天才やなあ」、ぼくらは嘆息を漏らし、床の上で粉みじんになったガラス破片を絶望的な笑いをにじませて、セメダインでくっつけ始めた。

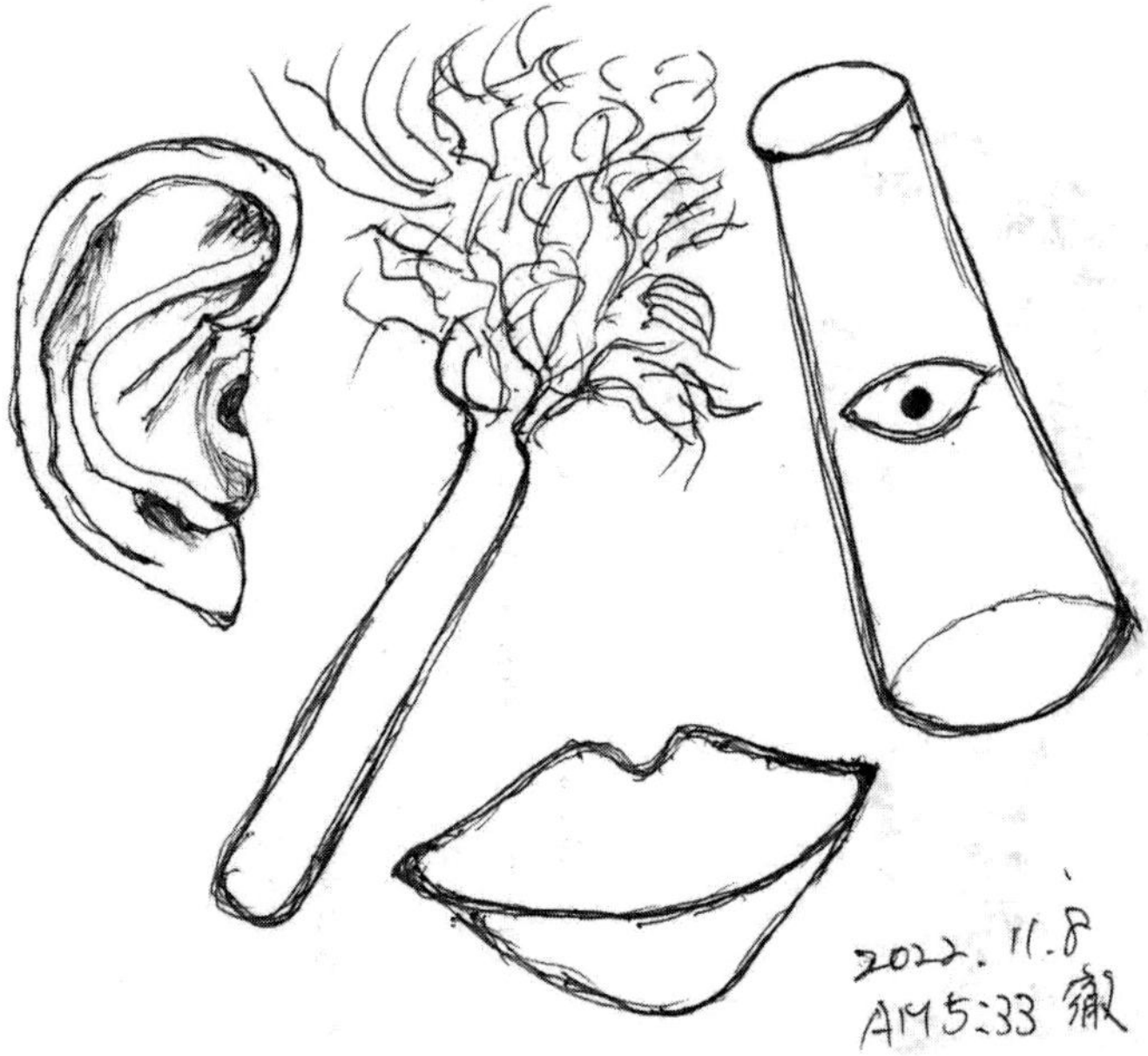
2022.11.8
AM5:33

2022-11-7

⑯ わびとさびの世界

このしわが、

名人芸というものです。

住職は畳の上に白布をひろげ、五六人の参会者の前で、もう数十年来使い古された湯呑茶碗を置いた。正座していた彼等はすり寄り、身を乗り出して、嘆息を漏らした。誰か合図したのでもない。おのずから畳に両てのひらをそろえ、参会者みな首を垂れている。住職の人差指が示した古色蒼然たる湯呑茶碗という空間のスッカリわびさびた華麗さに向かって。

ここです、このしわです。

2022-11-8

⑰ Jの湿気

確かに声は床から聞こえてきた。……

この物体の前面上部には横長の楕円形になった穴が開いていて、そのまわりにクチビル状の人造肉が取り付けられている。音声を発する際、物体内部から穴を通って外部世界に湿った気体が送られるらしい。だが上唇部がケイレンして下唇部に絡み付くため、湿った気体は上唇部に突き当たり、逃げ場を失い、再び内部に逆流する。あるいは絡み合った両唇部のわずかな隙間から垂直に下方へ流れ、一時それは床にたまり、そこから周辺へ拡散する。だから床から意味不明の声が聞こえてくるのだ。

この物体――より正確に言うなら噂の新型ロボット「J夫人」のことだが、ユーザーには知られたくない上唇部がケイレンする欠陥を隠蔽するためか、魅力的な含み笑いを残して、今、私の部屋から立ち去ったところだ。だがしかし、私は私自身の指先でまだ床に残留しているネットリした湿気を撫でながら、証拠物件をつぶさに確認し、断言する。これは茶番だ！

おそらく近日中に諸君にも「J夫人」が紹介されるに違いあるまい。従って、あらかじめ私は詐欺まがいの新型ロボットについてここに再確認しておきたい。

しっかりとこの真実を直視してほしい。「J夫人」に内在するすべての関係物、すなわち前面上部・穴・楕円形・上唇部・下唇部・外部世界・逆流・物体内部・間隙・落下・床・声・部屋……これらすべての関係物がめくるめくようにただ一つの実在の上に収斂していくのだ。ただ一つの実在、もはや諸君に言うまでもあるまい。湿気を、「J夫人」が立ち去った足元の床に残されて今もささやき続けるあの恐るべき湿気を。

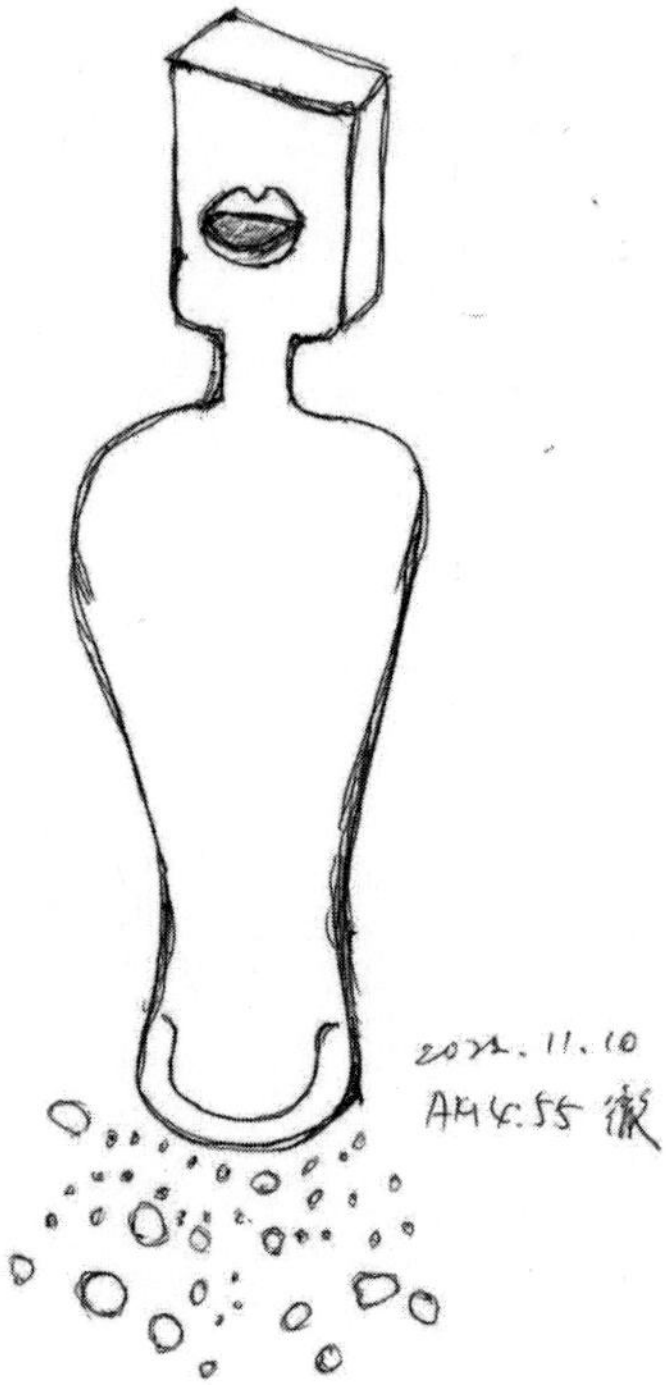

2022-11-9

⑱ キョウモ池ヲ引キズリナガラ

稲光デ
頭ガ裂ケタ
ソコニ雨ガ溜マッタ
耳カラ　鼻カラ　口カラ
アラユル穴カラ雨水ガ溢レタ
溢レテ足ヲ濡ラシタ
タチマチ足下ハ池ニナッタ
万物ハ水デアルカ
雨ガアガッテ
天ハ晴レテモ
夜明ケカラ　日暮レマデ
私ハ池ヲ引キズッテ歩イテイル

稲光デ裂ケタ頭ヲ
両手デ支エテ

2022-11-10

⑲柱

野原に一本の黒くて長い柱が立っていた
ちょうど画用紙のまんなかを
上から下まで太い墨の線を引いたみたいに
空と一面の草が生い茂る風景を二分していた
わたくしは昔からそんな草むらで暮らしている
草の実を食べたり　昆虫を食べたりして暮らしている
しばしば健康のために　爬虫類や哺乳類も食べている
ただ　炎天下
草いきれに耐えかねる日には
ムックリ起きあがり
きまってわたくしは　ヒンヤリした黒くて長い柱にしがみついている
だが　ときに　それは生物のように激しく震えた

たそがれ　柱の左側の夕焼け空から塵や埃のようなものがパラパラ散って
しがみついているわたくしの左肩に降りつもった　赤く染まっていた

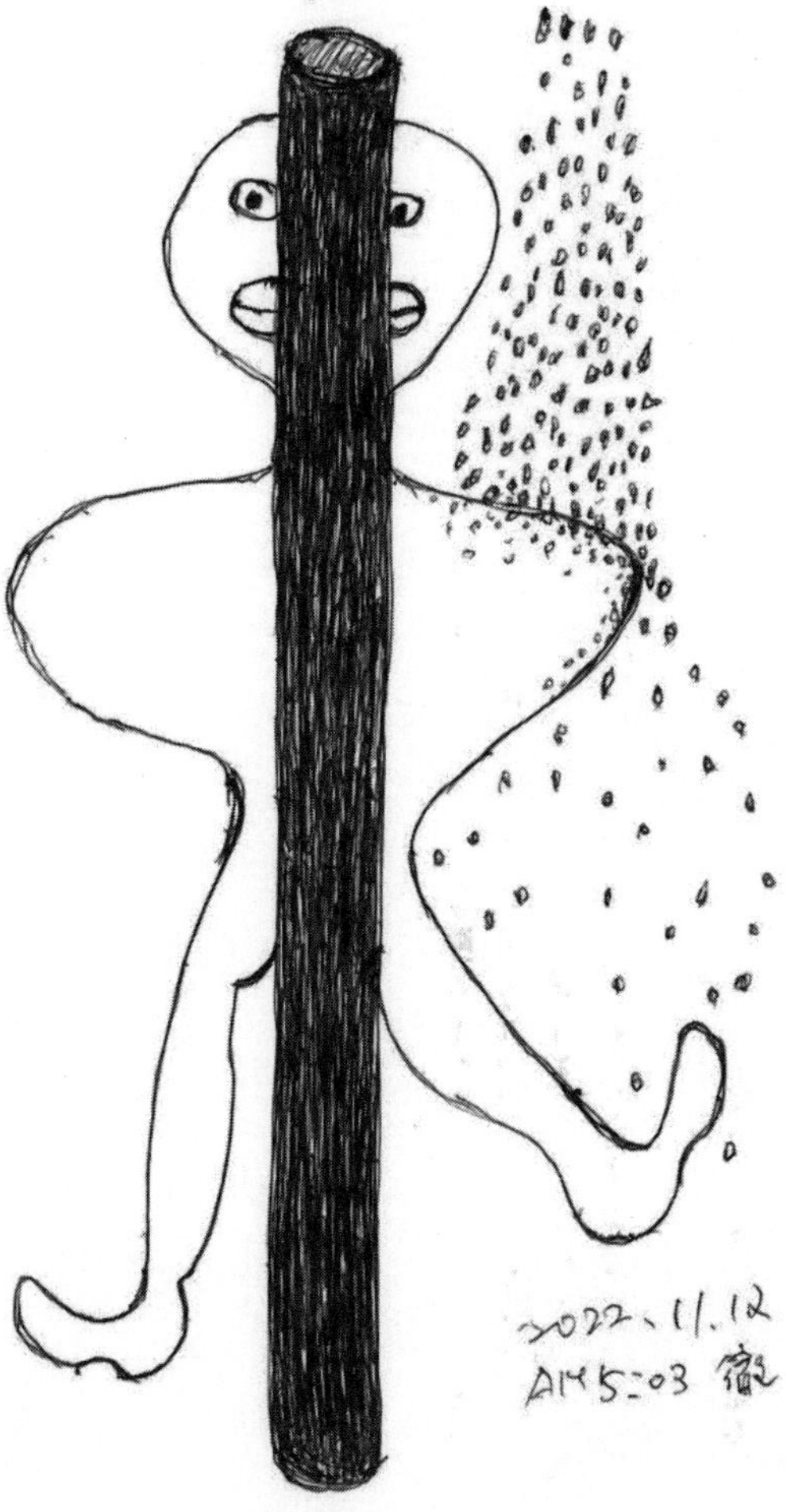

2022-11-11

⑳ 腹の中

腹の中には
やかんがある

腹が立つと
水は煮えたぎって狂う

腹が座ると
水は冷め　底の方からひえびえしてくる

腹が減ると
水の表面が騒がしくて　とても眠れやしない

それに　歳月を経て　水が濁れば
腹の皮まで黒くなっちゃった

某日　所用のため長く緊張していると
やかんの口から徐々に水がちびり出した

2022-11-12

㉑ 左目ハ右目デハナイカ

鍵穴ハ
誰モガソウ信ジテルヨウニ
外部カラ内部ヲ開閉スルタメノ　マタ
内部カラ外部ヲ開閉スルタメノ
扉ノ付属物デハナイ
ムシロ現代ノ研究デハ
外部カラ内部ヲ観察スルタメノ　ソレトモ
内部カラ外部ヲ観察スルタメノ
唯一ノ窓デアル
ソンナ素晴ラシイ成果ガ報告サレタ
ソレバカリデハナイ
外部ト内部ヲ同時ニ観察スルコトハ如何ナル学者トイエドモ不可能トサレテイタガ

見ヨ　コノ穴自身ハマサニ内部ト外部ヲ同時ニ観察シテイル　ソウ結論サレタ

アアダガ　コレダケノ成果デハナカッタ
サラニカク主張サレルニ至ッタ
コノ穴カラ　交互ニ　反復シテ
左目デ覗イテモ
右目デ覗イテモ
常ニ同一ノ状況ガ確認サレタ
左目モ右目モ同一物ヲ認識シタ　従ッテ
左目ハ右目デハナイカ　ソノ逆モマタ真ナリ
後日コウシタ推論ガ学会ニ提起サレ激シク議論サレタコトヲ併セテ報告シテオク

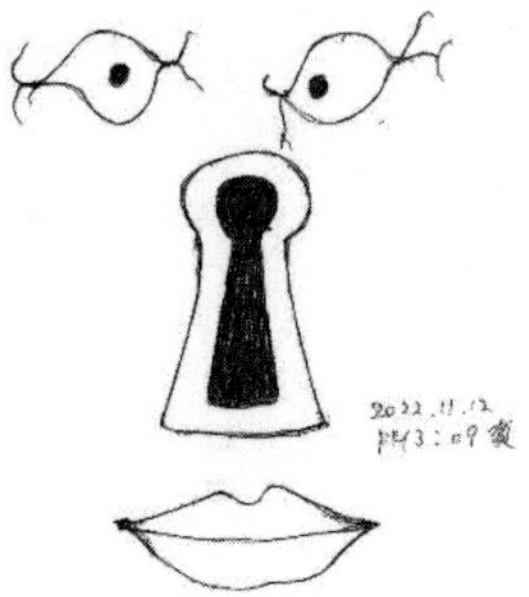

2022-11-13

㉒ あやめとはまぐり

その一　あやめ

はるさめにじっとりした帯をとき
あやめの一夜がはじまりました
五月闇に沈んだ池のほとりから

あがりかまちまで
あやめはわらじをはいて　引きずって
宿のぼんぼりに浮かんだ濃い紅の

池のほとりのあやめ草
無理矢理　はなおを結びつけて

明かり障子に
わらじとはなお　帯の影が乱れほつれ
あやめ草　あやめもわかぬ
昔　そんな過失がありました……

その二　はまぐり

はるさめは
はまぐりをぬらしました
はまぐりは
くちびるをぬらしました
それからふたりは　たがいのくちびるも
ついでに　ぬらしあおうとしましたが

だけどふたりはうつむいたまま　もくもくとたべたのでした
はるさめとはまぐりを

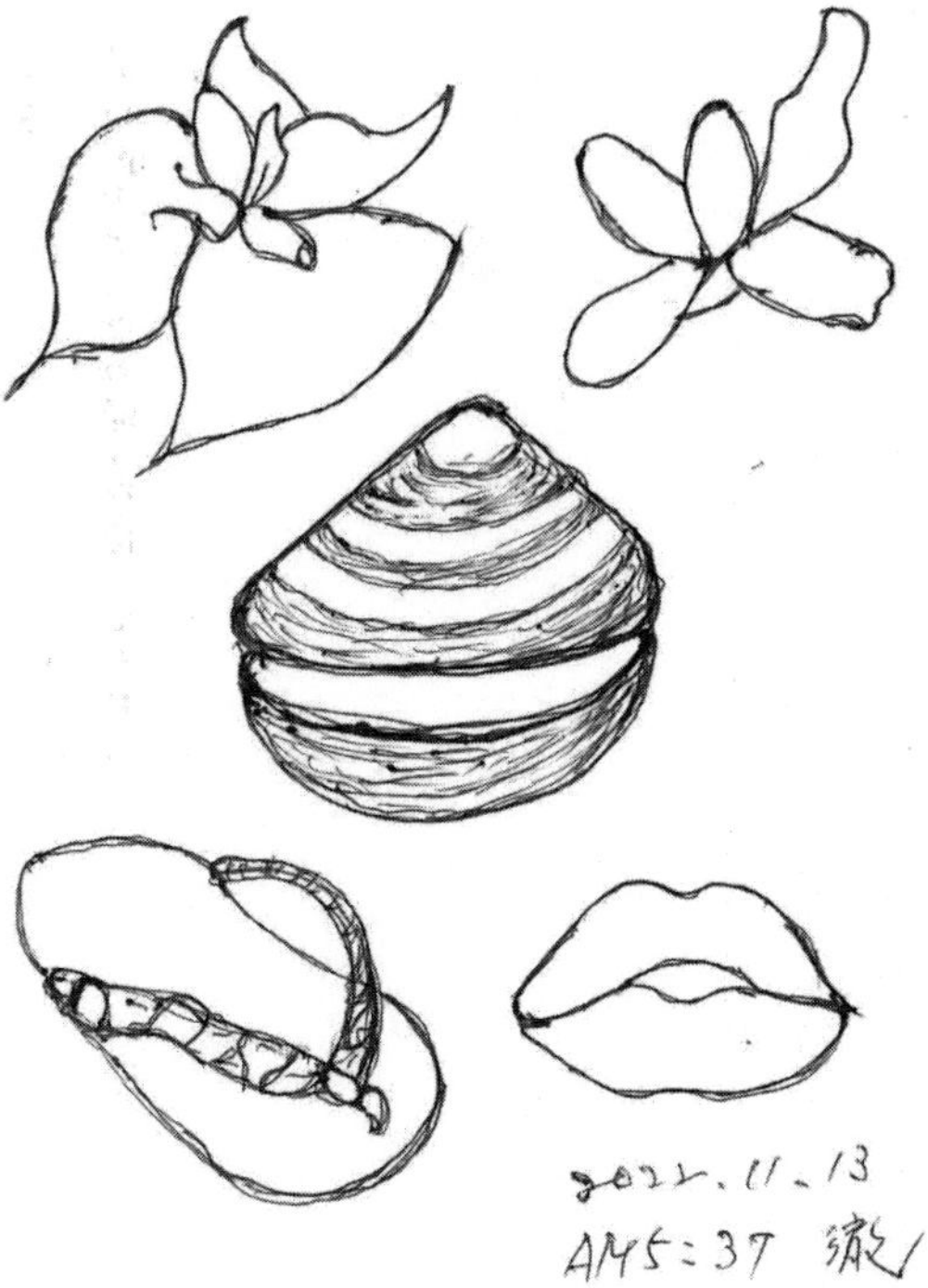

2022-11-14

㉓満月の方角

鴉の仮面をつけた忍者が、満月を浴びて黒光りしている屋根瓦の上を滑っていく。その後ろから白装束の天狗が、水に濡らした白足袋をはいてひたひた迫ってくる。一瞬、忍者の顔はクルリと背面へ百八十度ねじれた。天狗に向き合った鴉の仮面の口には竹筒がくわえられている。天狗が迫るたび、竹筒から驟雨のごとく吹き矢が襲いかかるのだ。莞爾として鉄杖にてそれを叩き落とした天狗は、つっと忍者へ迫らんとする。突然、二体の影が宙に舞い、上天へ飛んだ。屋根瓦の涯。満月の方角へ。

既に彼等の姿も消息も絶えてしまった。ただ、月光をいちめんに浴びた屋根瓦の上に、忍者の足跡は紅く、天狗の足跡は蒼白に、ときには交互、あるいはまだら模様に、ひっそり残されている。

2022.11.14
AM 5:45

2022-11-15

㉔ なおも立ち尽くす

天上の月と　池に光った月の間に
案山子は立ち尽くす

刈り入れは終わり
激しかったあの夏草の命も絶えて
天の月と　地の月の間
落ち葉と　枯れ草の間

なおも案山子は立ち尽くす

2022-11-16

㉕ 一九五〇年代のボクの思い出から

――見世物小屋にて

「世紀の謎、世界の不可思議……」
狭苦しい小屋の片隅で
香具師は前口上をまくしたてている
彼の隣に立っているのが所謂「世紀の謎」
見れば「世紀の謎」の左腕は
いちめん　ウロコに覆われていて
手の甲は蛇の頭になっている　その手を返せば
手のひらの中央部から
赤い舌を出し
人差指と薬指の第一関節のあたりに
それぞれオレンジ色のビー玉に似た目玉がギラギラ光っている

やおら「世紀の謎」が
手のひらを前に突き出すと
その目玉の真ん中の黒い瞳孔が
小屋一杯に詰め込まれた二十人余りの立ち見客を威嚇する
客は気味悪くてあとずさろうとするが
小屋が狭くて蛇の手が客の眼前にまで迫って来る

「さあご覧ください ませ」
香具師が一礼して挨拶を終えるや否や
「世紀の謎」の蛇の口が裂けるように大きく開いて
謎自身の左足をズルズル呑み込みだした
誰かが悲鳴をあげた
それでも客は既に金縛りにあったのか　不動のままだ
すっかり自分の左足を呑み込んでしまうと
謎は右足も「すっかり」ズルズルやってしまった
「もっとです！　もっとやります！」
香具師は狂ったような笑みを浮かべ　天井を仰いで叫んでいる

どうだと言わんばかりに自分の右腕も頭も首も呑み込んでしまった謎の口は
胴体と左腕だけで宙に立っている
小屋の中は息をのんだように静まり返った
さらに「世紀の謎」は
胴体も呑み込み
ウロコ状の左腕さえしゃぶり出した
いまや蛇の口が「世紀の謎全体」を呑み尽くしてしまったのだ
中空には口の穴だけが浮かんでいる
「どうぞ触ったり　覗いたり　してやってください
噛みつきやしません
ぜったい噛みつきやしませんから
ご安心ください
どうぞ
サ　サア　どうぞ　どうぞ
サアサア　触ったり覗いたり　どうぞしてやってください
お客さん　もっと近づいて
もっとです　もっと　もっと

サア　どうぞしっかりこの穴を確かめてやってくださいまし！」
香具師は有頂天になって叫び続けた
急に照明が消え
あたりは闇に沈んだ
阿鼻叫喚が聞こえていた

2022-11-17

㉖ たきぎ

午後三時
この団体は
各自一頭の羊を曳き
やぐらの下に結集した
やぐらの先端は
雲に隠れている
各自　一頭の羊を背負い
天に向かって
順次　梯子をのぼると
すっかりたそがれ　夕焼け雲の中に彼等は消えた
深夜になって
闇の空から　この団体は梯子をおりた
背中には　各自ショイコにたきぎを背負っていた

2022-11-18

㉗ 夢をさわる指

夢を見ているところを
のぞかれていた
やがて
頭の南の方角から
一本の指が出てきて
耳の穴を突きとおし
つんつん
夢をさわっていた

しばらく
つんつん
していた

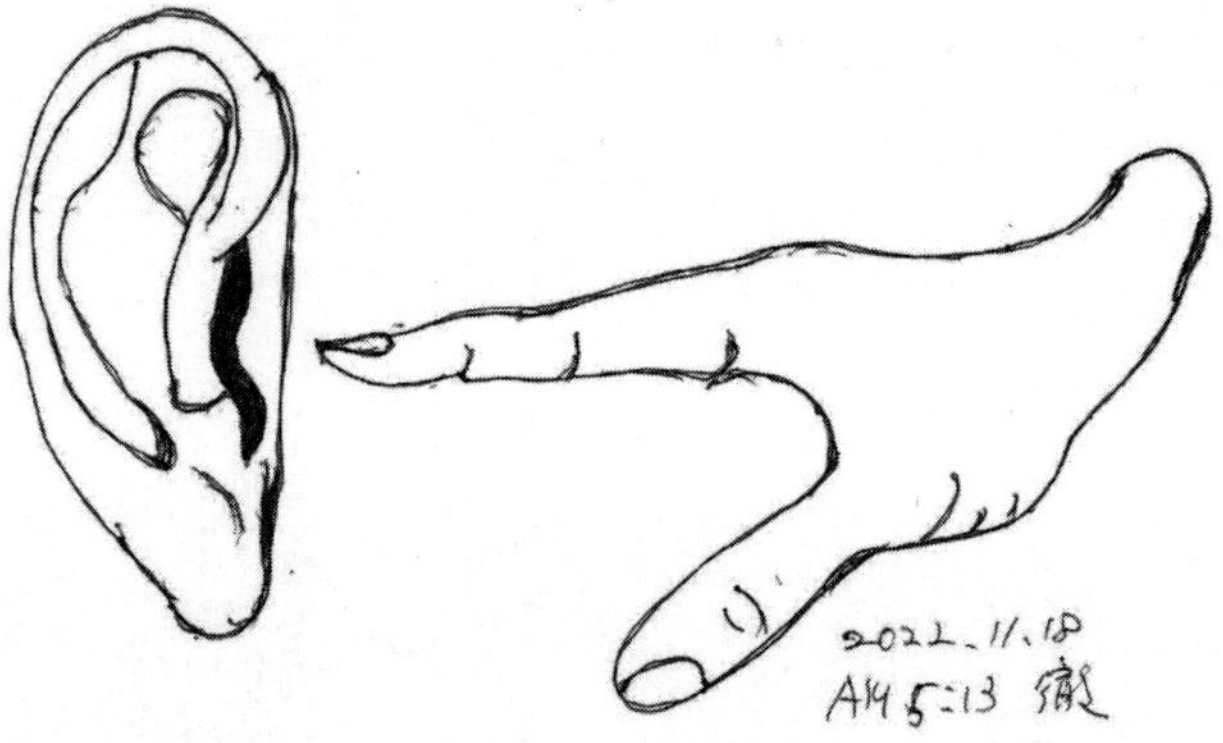

2022-11-19

㉘貴公子の一夜

四月の貴公子がかぼちゃ造りの馬車に乗ると、ナノハナの編上靴を履いたフォークとナイフの馭者たちはツツジの鞭を振りかざし、数えきれないモンシロチョウは馬車をヒラヒラ引きずりながら、春の向こうへ、季節の彼方へ。

かぼちゃの小窓を開ければ、もうすぐそこにお城が見えてくる。お城はダイヤモンドかお菓子か、それとも倒れた香水瓶である。香水瓶の出入り口からすすり泣くようなワルツのにおいが漂ってくる。そのワルツに合唱するのは、飲み干された百万本のワインの空き瓶。陽気そうに立ったり座ったり転げまわったり、笑いさざめいている。

数知れぬ門番たちも駆け寄ってきた。よく見ればひとりの番兵の胴体はヒラメで、手と足はワカメ、その上にタコのクンセイの頭がチョッコリ乗っている。ひとりの番兵の頭はダチョウの卵で、ヒジキの頭髪はキレイにくしけずられていて、クチビルを紅で化粧している。さらにひとりは、鱶の胴体にニワトリの首から上がくっついていて、体いちめんシダやコケで覆われている。その他にも、キンセンカの体でサフサフした番兵、ワライタケの不敵な番兵、ムンムンした厚化粧の番兵、ノッペリしたり、イライラしたり、ムラムラする奴ら。コリコリ頭髪をむしる奴、パリパリせんべいみたいに割れる奴。シダ・シダ・シダ・シダになってふざけてみたり。ピチョリピチョリとして。ニョロリ。ピタピタピタ。パッチン。ポッチン。チトチト。チト。チトチトチト。その他。その他……番兵たちの背後には湿地がジメジメ続いている……その先の中庭で出迎えるのは可愛らしいお小姓の一行。けれど童子めかして作られたその顔も、一皮むけばスズメバチ。愛くるしく合唱しているのは、きらびやかな小姓たちの衣装の背中あたりから突き出ている幾千の翅の音楽。

さっそうと四月の貴公子はかぼちゃの馬車から降りたって、お城の廊下を歩んでいく。あとからスズメバチのお小姓がいっぱいユラユラ飛び跳ねながら連なってゆく。廊下は緑色の海綿動物が敷き詰められていてグニャグニャ・グチャグチャ奇音を立てている。仮面舞踏会場から廊下にまでワルツの合奏と合唱が雪崩れこんで、四月の貴公子を熱烈歓迎している。……

あの人は薔薇に近づいてゆく人です

ひっそり首だけ近づいてゆく人です
なにもかもが終わってしまう　今夜
ほころぶつぼみにこころを盗まれて

花ひらけ　花ひらけ　痴れ笑いして
いつまでも　フラフラ　くちずさみ
たそがれの窓辺から　薔薇の中庭へ
てのひらにはみずさしのようなもの

首にはアヤメ模様のネクタイをしめ
指にうす紅色のマニキュアをぬって
ためらいがちにいま　あの人の首は
花ひらいた薔薇へ　うつぶいてゆく

2022-11-20

㉙ 燃える足首

うすらいでゆく花園。
この後頭部は、もうすっかりうすらいでゆく花園。
ぼんやり暗くなってしまった。
とうとう頭に夜が来たのか。

後頭部の花園にローソクをともすと、
火は火を招いて、
花びらへめらめら移りゆき、
大火事になった。
足首まで燃えていた。

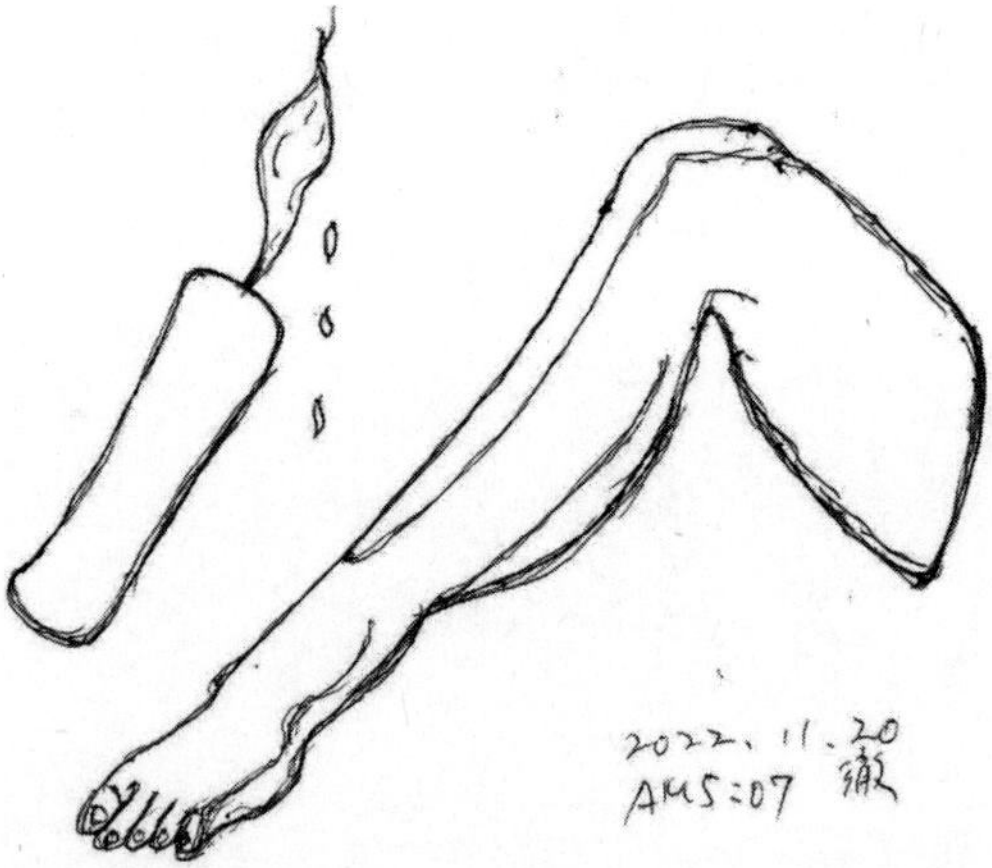

2022-11-21

㉚ 銀粉になって

城の夢を残したまま
宮廷住まいの鳥たちは死んでゆく

わたくしのふくらはぎには
あなたのくちびるのかたちがいつまでも

でも　悔恨なんてしていない
たったひとつの死があるだけだから

一枚一枚　衣装を脱ぎすてながら
おそるおそる　まはだかになりながら

銀粉になって崩れ落ちる
その日へひとり　近づいていくのです

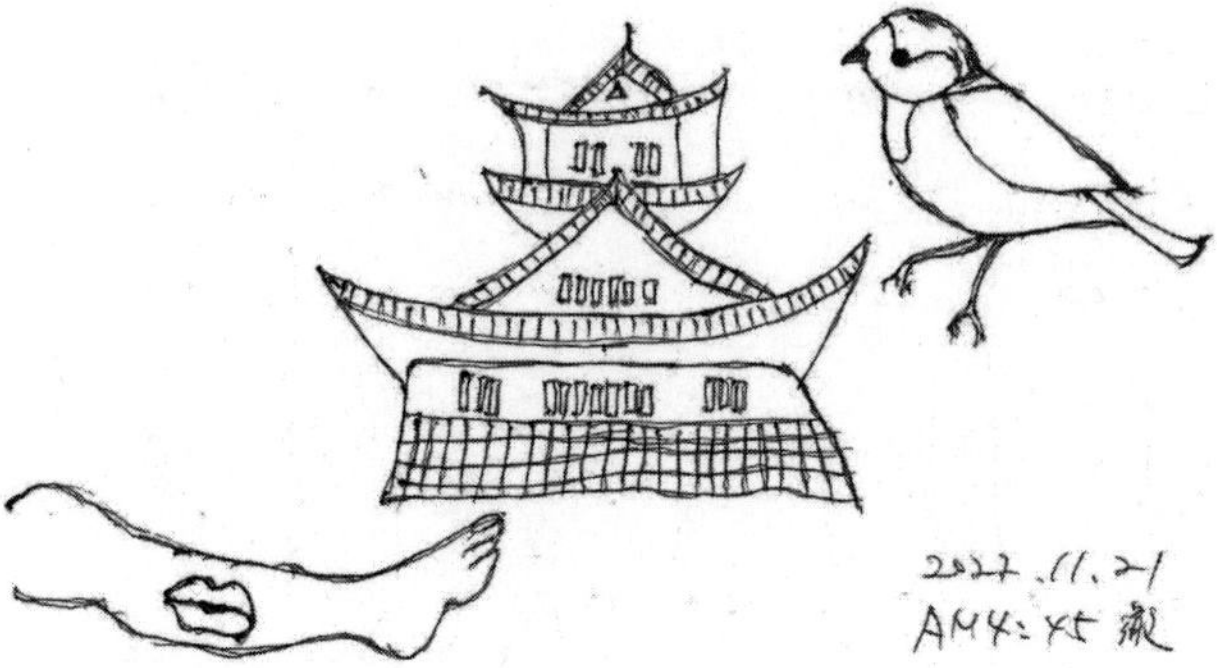

2022-11-22

㉛ 成就

あなたは岸辺にしゃがんで水の面を見つめていた。水紋が午後の陽射しに反射して、あなたの顔には縞模様の影が揺らいでいた。どうしていいかわからずに、わたくしは黙ってそばに立ったまま、ただ池とそれを取り囲む樹林を前にして一行の言葉さえ浮かばなかった。小石をつまむと、少しため息を漏らしながら水の面にあなたはそれを落とした。水紋の影が激しくあなたの顔の上で騒いでいた。

十年後、あなたは一人の男と連れ立ってわたくしの前に現れた。地下街の広場で噴水を背にして立っているあなたは、何故かしら雨にうたれたいちじくの匂いがした。わたくしは一礼して大人になったあなたの体から遠ざかり、二度と振り返りはしなかった。かすかに揺らめく水紋の影を脳裏に覚えていた。

それからまたおよそ十年後、つまり今日の遅い午後のことだが、あなたと再会したのは狭い路地裏の奥まったあたりに建つ仕舞屋の二階だった。出窓の手摺りに寄り添って、表通りから路地に入って近づいてゆくわたくしの姿を目で追い続けていた。門前で見上げると、二人のまなざしが混じりあって、ひとつになっていく気持ちがした。あなたの額から水の波紋は跡形もなく消えていた。長襦袢のままで、ほつれた髪をそのままにして、まるですべての飾りを体から投げ捨ててしまった風情だった。

仕舞屋の二階に上がり、わたくしは出窓の明かり障子を閉ざした。あなたと交わした約束の時が来た。わたくしはあなたを抱きしめ、左の耳たぶにくちびるを寄せた。

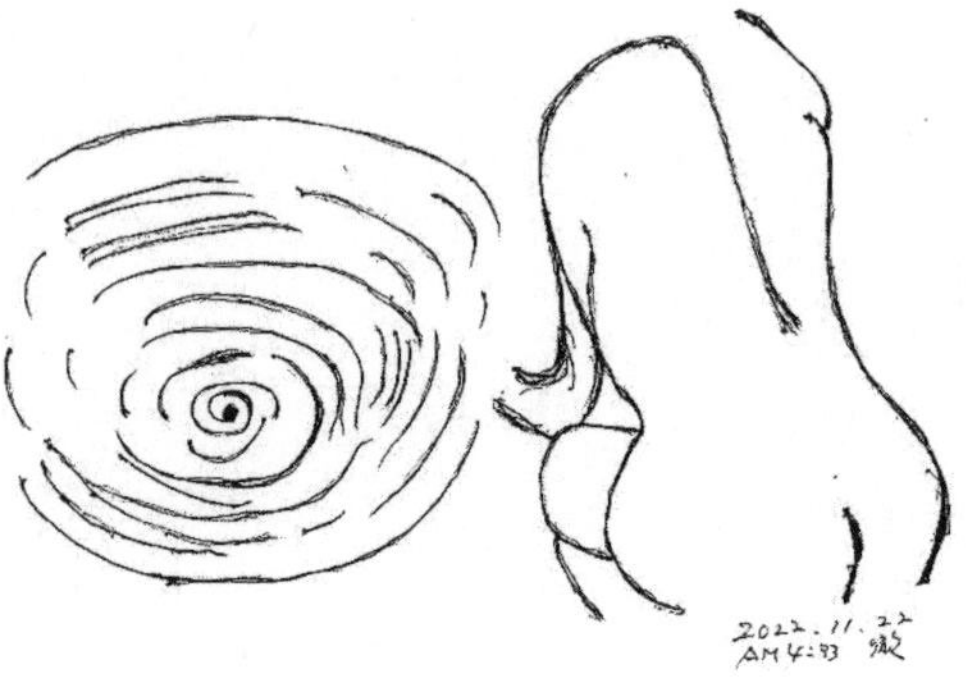

2022-11-23

㉜ 半世紀近い昔の話

今となっては、夢か現実だったか、わからなくなってしまった。それはともかく、私が二十代後半、新橋の神谷町に住んでいた頃、ある一夜の物語である。

どこで飲んでいたのかはもう記憶にない。ずいぶん酔っぱらっていたことだけは確かだった。もう夜の十一時は過ぎていたのか。……山手線の座席に向かいあって座っている人々の顔が、見てる間に、柔らかくなってしまった。別に人の顔が柔らかくなっていけない道理はない。だが、座席に向かいあって座っていた五六人の顔がそろって柔らかくなってしまったので、なんだか薄気味悪い気持ちがしてきた。

「もうすぐ新橋です」

誰かが注意してくれたように思われた。それでももし隣に座っている人の顔も柔らかくなっていたら困ると考えて、返事をしないことにして、聞こえなかったふりを決めていた。すると、辺りが騒然としてきた。こいつだ、こいつだ、中にはそんなふうにささやきあっている人々もいた。追い立てを食らったようにヒヤヒヤしながらプラットホームへ飛び降りると、一目散に改札口を駆け抜けた。余りにあわてたものだから、まだ電車の座席に私の頭だけが取り残されていて、悲鳴を上げてコロコロ転げ回っている、そんな映像が脳裡にこびりついてきた。

ふと我に返ると、辺りはたそがれていた。誰もいない薄明の新橋周辺をうろついていた。風がバラバラになって吹いているのだろう、あちらこちらで街路樹が逆方向に揺れていた。それとも、街路樹までもうすでに柔らかくなってしまったのだろうか。

新橋駅から日比谷通りに出ると、やはりその辺りも柔らかくなっていた。

新橋三丁目から仰ぐと、東京タワーまでフニャフニャ柔らかくなって、今にもずいぶん大きなナメクジになってしまいそうに思えて、立ちすくんでしまった。そうこうしている間に、街は闇に沈んでいた。新橋だというのに、あかりひとつなかった。

きょうという日はいかにも腑に落ちないと、そんな取り留めのないことばかりあれこれ思案していたので、もう少しで我が家の前をやり過ごしてしまうところだった。それにしても、東京タワーまで柔らかくなるなんて、いったい何事が勃発したのだろう、ひょっとしたら、この私自身もフニャフニャしているのではないか。いや、きっとそうに違いない。

……

アパートの共同廊下の奥、我が家の戸口の前で私はしばらくためらってしまった。うつむいて額をコツコツ叩いて迷っていると、部屋の中からネチャネチャした声が聞こえてきた。あわてて扉を開けると、奥の障子の隙間から大きなタコの足が一本ゾロリと出て来たので、呆然自失してしまった。妻がタコになってしまった。もう家庭も柔らかくなって崩壊してしまったのだと気づき、一目散に逃げだした、その一瞬、タコの足がズルズルっとのびて私の襟首を捕まえ、金輪際離そうとしない。とにかく、タコの顔だけは断じて見たくない、そう決心して両手で目を覆っていると、タコはとても悲しそうにアイアイ・アイアイ泣きながらもう一本の足をのばして私の両肩を抱きしめ、耳もとでつぶやいた

「弱虫、弱虫、弱虫、弱虫……」

「弱虫でもいいから離してくれ」

だんだんタコの言葉がわかり始めて来た。私はタコになった妻と何度もとりとめもない問答を繰り返しているうちに、なんだかタコが好きになってしまった。もう一度タコと生活をやり直してみたい、タコの子供を二人で作りたい、そんな幻想を脳裏に描いては、タコの顔をじっと見つめていた。

夜明けが近いのだろう、藍色に染まった空間に東京タワーのライトがひときわ明るかった。窓の下をおびただしいタコの影が麻布台の坂をゾロゾロ歩いていた。坂を上がっていくタコもあれば、下っていくタコもあった。彼等には彼等の生活が待っているのだ、妻の肩を抱きしめながら、何故か私はそんな感慨にひたっていた。窓には二人のタコの姿が映じていた。

2022.11.23
AM3:34

2022-11-24

㉝ 彼女

私は妻の病状を危ぶんでいた。

体のどこかが具合が悪い、そんな症状ではなかった。精密検査をしてもどこにも異常はなかった。ただ、日を重ねるにつれ、妻の発言がトテモ正常とは言えない、ほとんど怪奇な状態が続くのだった。……最初、妻はとんでもない文明批評をやりだしたのだ。もうすぐ日本にイエス様がやって来る、真顔でこんなことを言い出した。イエス様は北海道から沖縄まで黙って歩かれる。一言もおしゃべりなんてされない。それでも、今までいばっていた政治家やら知識人やらブルジョアなどもイエス様を目の前にすれば思わず懺悔して止めどなく涙を流さずにはいられなくなるんだ。もうすぐよ、見ててご覧。胸に合掌した両手を押し当て、天を仰いでいる。そんな姿勢で、まるで狐にでも憑かれたように口走るのだった。

それればかりではない。こんなこともあった。……とうとう妻は一人二役までやり始めたのだ。

夜半に枕もとでカサコソ音がするな、誰か嫌がらせでもしてるんじゃないか。目覚めて身を起こすと、妻は上掛けをキチンとたたんで敷布団の上に端座し、合掌して、暗い天井に向かってなにやら低声でつぶやいている、

「さあ言ってご覧。〈サタン〉よ、この世でもっとも笑うべきものは何だろうか」

すると彼女は狐のようにピョンピョン飛び跳ねながら、座布団を頭にのせて、今度は奇妙に甲高い声で、ソプラノの歌手が歌うように、

「それは〈男〉だ」

いけない……とっさに判断して、妻の茶番を何とか止めさせなければ、彼女の肩を抱きしめてなだめてやろうと起き上がった瞬間、また敷布団に端座して低い声でブツブツつぶやいているのだった。

「さあ言ってご覧。〈サタン〉よ、この世でもっとも泣くべきものは何だろうか」

ふたたび彼女はピョンと飛び跳ね、座布団を頭にのせ、甲高いソプラノで、

「それは〈女〉だ」

よし。既に私は腹をくくっていた。これからは「妻」……というより、「彼女」と呼んだ方が正しいのだろう。妻が変身して所謂「巫女」になってしまってからこのかた、もはや彼女を「私の妻だ」、そんなおこがましいことがどうして私に言えようか。

巫女の最後は悲惨だった。突然、「まあイエス様がいらっしゃった」、そう叫ぶと、乱れ

た下着姿のままで、街路をピョンピョン飛び跳ねて、暴走するダンプの下敷きになって潰れてしまった。

いつも未明が近づくと、彼女のすすり泣きが聞こえてくる。長い間、シクシクしている。彼女の泣き声に耳を傾けていると、いつの間にか私はあの言葉を受け入れるようになっていた。「男」は笑うべきもの、「女」は泣くべきもの、彼女のあのソプラノを。

2022-11-25

㉞ 長老

河のほとりに立ち
長老が
杖にて河面を打てば
水中から
おおぜいの土左衛門が
這いずり出した

◆

河原にて
長老は天幕を張り
幾千の歳月を数え
幾万の土の器を造った
汝生きよ　天に向かって祈り

髪振り乱し
杖で地を打ち続けたが
土の器は微動だにしない
そのかたわらを
土左衛門の行列が歩み去り
それを追うように
天幕が　柱が　妻が　子供が　寝台が　鍋が　茶碗が
駆け足で　去った

◆

ふたたび長老の杖は
幾千の歳月を打つ　地を打ちつける
犬を
砂を
群衆の背中を打つ
霰を
雹を
雨　風

霧を打つ　霧の中で交わされた約束事を打ち砕く
出会いと
別離を
街角を
空を
夢を
門を打つ
妻を
子供
愛を　打ちのめす
打ちのめす
とことん　打ちのめす
畳を
座布団を
卓袱台を
箸を　茶碗を　飯を　それを食っている長老を

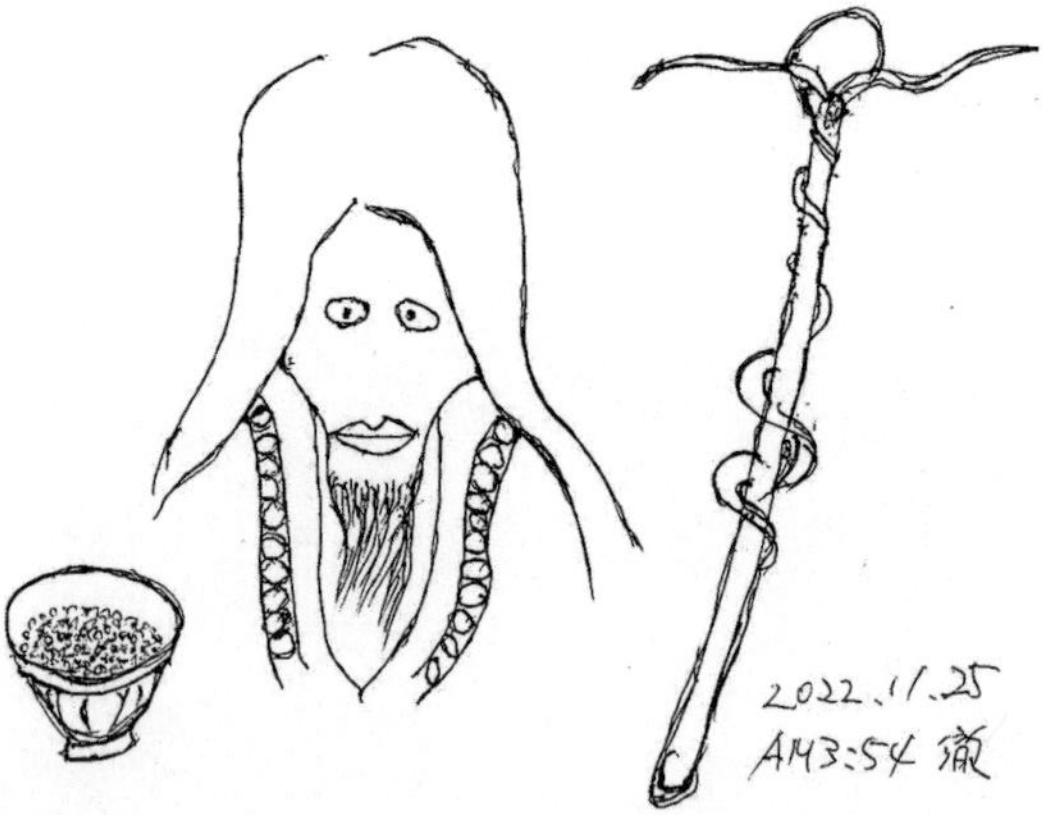

2022-11-26

㉟ ゆさり

五月の草原をゆくと
ふくらはぎに
草がはえてくる
そよそよ　そよそよ
ふとももにも草がはえて
そよめいている
やがて腰まわりから
顔のあたりまで
すっかりおいしげってきた草を
むしりつつ　むしりつつ
青空へまき散らしては
五月の草原をゆくよ

風が吹くたび
草だらけの全身を
ゆさりゆさり　ざわめかせて

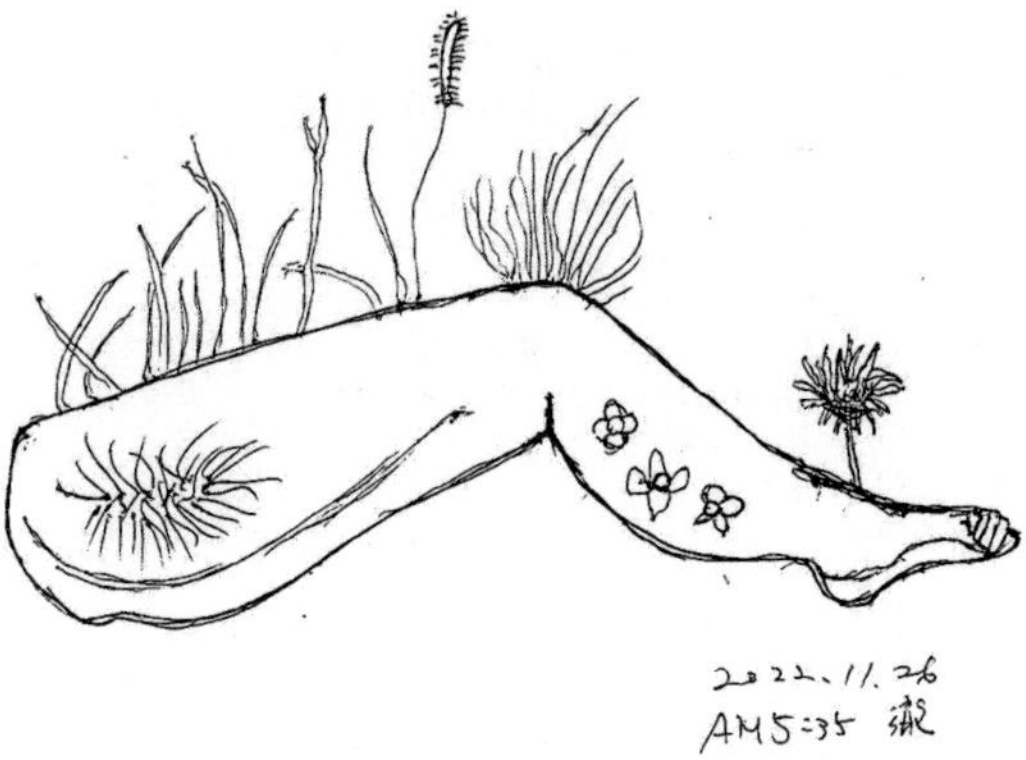

2022-11-27

㊱ 研究室便り

われわれは不純物を排除し、極めて純化された環境で実験を繰り返した。その結果、必ず一定の状態が再現するのを確認した。これによって、われわれはかく結論するのをもはや躊躇すまい。すなわち、この婦人患者の頸部はゴム状物質であると。

ここにわれわれは実験の詳細を報告し、よって同学の士の参考に供したい。

われわれ研究員は、日ごろ頸部における頑固な疼痛を訴える婦人患者に、モルヒネおよびステロイドの大量投与を試みたが、いぜん疼痛の除去・改善はみられなかった。

その間、患者の頭部を九十度ないし百八十度ねじって身体検査をしていたところ、ふいに頭部はクルリと回転して元の位置に帰るという特殊なる体質を発見した。

この特殊体質に注目したわれわれ研究員は、さらに患者の頭部を三回転ないし五回転ねじりまわしてから両手を離すと、直ちにクルクル回転して元の位置へ帰るばかりか、反作用で約百八十度逆回転し、その後ふたたび元の位置へ帰ってくるのが観察された。

（かくしてこの婦人患者の頸部はゴム状物質にて構成せられているとの結論が報告され、また研究会の席上でただちに資料が提出された。この資料に基づいて、さらにこの頸部の構造を研究員は以下の通り簡潔に明らかにした。）

この婦人患者を手術台にくくりつけて固定し、頭髪をつかんで引っ張ると、同時にゴム状の頸部も一メートルないし二メートル伸び始めた。最大限伸びきった地点で突然頭髪がかつらのごとく外れ、ツルツルになった頭部がパチンと音たてて元の首の位置に帰り、やはり患者は頸部の疼痛を訴えているのだ。

〈付記〉

最近、この症状の特効薬が開発された。早速この患者に投与したところ、強度のアナフィラキシーを発症。呼吸困難・意識消失・心停止などが顕著となり、三時間後、死に至った。厳格なる調査がなされた結果、特効薬と患者の死との因果関係は不明だった。

2022、11、27
AM3:28 徹

2022-11-28

㊲ 東京

私は東京を歩いていた。東京、しかしこの言葉はあまりにも広大な地域を指示しているので、いったいどのあたりだったか、それを明らかにしなければ無責任のそしりを免れまい。確かにそうではあるが、田舎者の私には不明だ、そう言い訳する他にすべはなかった。右手にも左手にもズウーッと灰色のビルディングが連なっていた。これは東京だ、私は直感した。前方はズンズン奥まっていく仄白んだ巨大な廊下だった。

あれはゴジラだろうか。前方からズッタ・バッタ・ズッタ・ドッタ、大きな足音を立ててゴジラの風貌をした男が迫ってきた。背丈は三メートルくらいあったが、尻尾はなかった。これが東京の実態だろうか。あっけにとられて、ビクビクしてうつむいて歩いたため、彼の腰のあたりと私の肩がぶつかりそうになった。これはまずい、叱られるんじゃないか、胸をハラハラさせながら黙って通り過ぎようとした。

「ちょっと待て」

やはりこう来た。顔をつぶされたと言わんばかりに、ゴジラは居丈高になった。

「こっちへ来い」

すぐに田舎へ帰ろうと思った。しかしすでに催眠状態になって強制されるがまま、彼の背中の後ろで縮こまってついていった。あたりは繁華街だったのだろう。あちらこちらの屋上から群衆がおしゃべりしながら木の実のようにパラパラ降っていた。だがやはり東京だった。何が起こるかわからない大都市だった。角を曲がると、森に出ていた
やっと私は田舎者だったことを思い出し、東京の中心にこんな森があるのをいぶかしく思った。ハッキリ断言できそうにもないけれど、ひょっとしたらここは東京ではないのかもしれない、薄気味悪くてたまらなくなってしまった。それでもゴジラは平気でズッタ・バッタ・ズッタ・ドッタ森の奥へ入っていく。私は一言、『もう帰りましょうよ。ね、こんなことはみんな冗談ですよね、冗談ですよね』、そう哀願したくて無性に焦り始めたが、なんだか私の方が間違っている気がして言葉にならない。

嵐が来た。膝のあたりまで水につかっていた。けれどもゴジラは相変わらず平気な様子で森の中をビッチャ・バッチャ・ビッチャ・ボッチャ歩いていく。こんなビチャボチャになってしまって、私のような田舎者でももうとても我慢がならなくて、ゴジラの足にしがみついて、

「ねえ、冗談でしょう、ハッキリ言ってくださいよ、こんなことはみんな冗談、悪い冗談に違いないんだ、ねえ、ねえ、早く、早くそう言ってください！」

首のあたりまで水につかっていた。ゴジラははるか遠くで溺れそうになってギャオギャオ悲鳴をあげている。とにかくゴジラからは助かったけれど、ゴジラよりもっといけない。ここは大洪水だった。私は喜んでいいのか、絶望しなければならないのか。いったい東京とは何だ。わけのわからない水責めに苛まれなければならなかった。水は鼻のあたりでピタピタしている。もうダメだ。最後の力を振り絞って立ち泳ぎしながら、自分やあのゴジラの馬鹿さ加減に思わず男泣きに泣いていた。

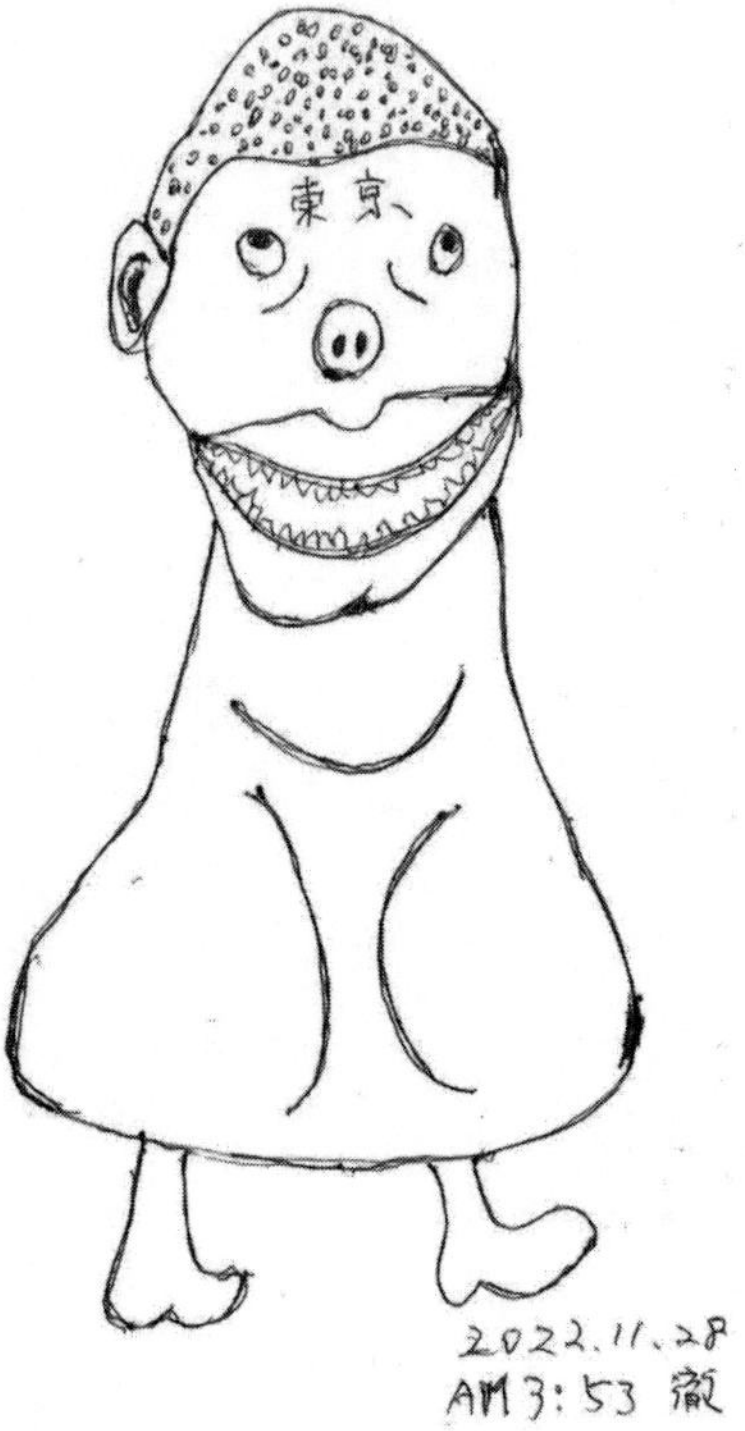

2022-11-29

㊳ 小箱ノ中ノ暗闇デ

縦5cm　横2cm　高サ3cm
ソンナ小箱ノ中ノ暗闇デ
僕等ハ黄色イ棒飴ミタイニ横タワリ
毎日　蓋ヲ見アゲテイル
身悶エシテ……

……イツモ　身悶エシテ……
ソウダ　コンナ小箱ノ中ノ暗闇デ
僕等ハタガイニ一本ノ棒飴ニナロウト身悶エシテ
チュウチュウ吸イツキアイナガラ
朝カラ晩マデ　夢中ニナッテ　シガミツイテイル

小箱ノ蓋ニ鎖サレタママ　闇ノ底ニ横タワリ
僕等ハ僕等自身ヲ　コノ黄色イ棒飴人生ヲ
二人ダケノ唇ノ中ニ　詰メ込ンデ
行ク末ハ　ネットリ溶ケアイ　スッカリ消エテシマウマデ
懸命ニシャブリ続ケテ　我ヲ忘レテカブリツクノダ

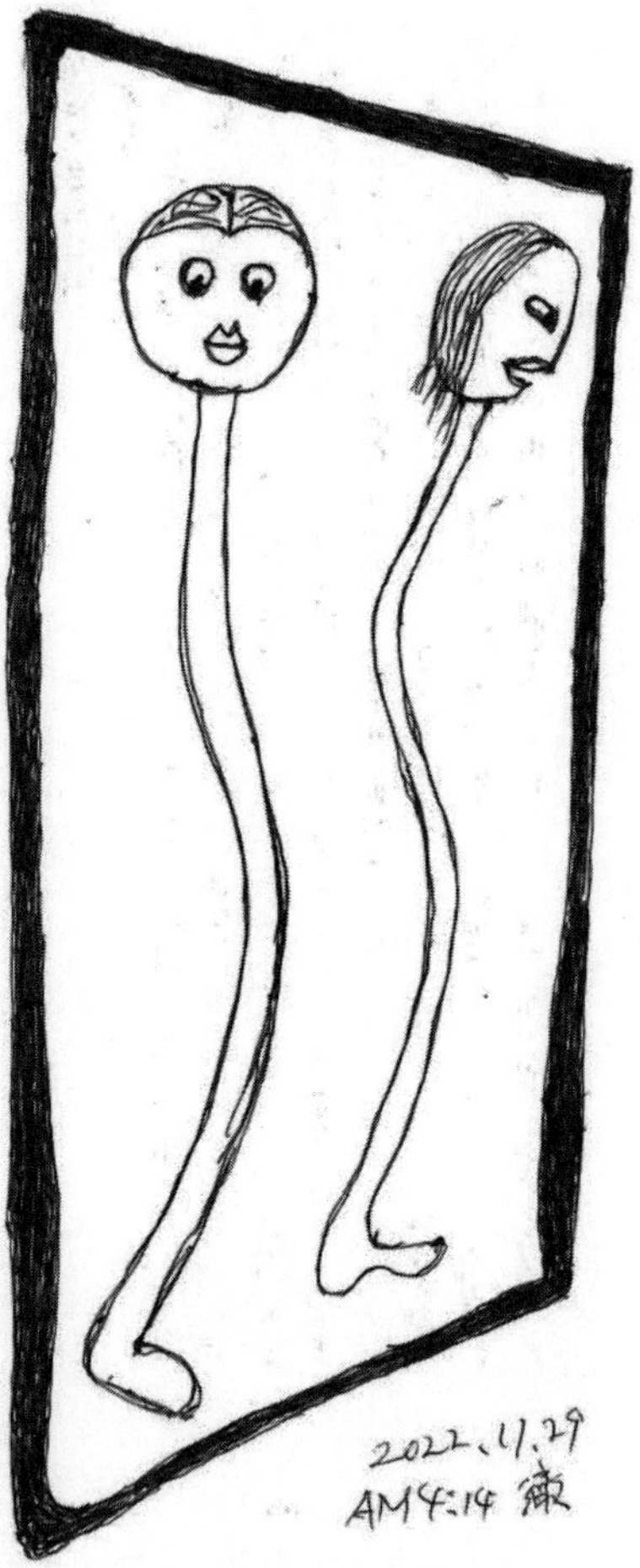

2022-11-30

㊴ 狂人詩篇

A

会議室は
明かりが消えていたので
頭の上から懐中電灯を照らし
順次　めくっていると頭骨もはずれ

激論の末　灰皿が飛んでいた

B

鼻を
どっさり積み込んで
血みどろになった自動車がよろめいている
重いのだろう

助手席や後部座席だけではなく
運転席にも　トランクにも
たくさん鼻がうごめいて
ひしめいている
鼻毛が　ぼうぼうざわめいているのが
フロントガラスから見えている
自動車は
ずいぶんよろめいている
きっと重いのだろう
数えきれない鼻がよってたかって
はしゃぎまわり
鼻歌交じりに
運転している
ついさっき
鼻から
左耳まで開通した
右眼経由前頭葉周遊トンネルに

血と鼻毛をまき散らして

C

毎年、会員の中から十名の理事が選ばれる。彼等の特徴は　白と黒とで縞模様になった袋状の膜に全身が包まれている特殊な構造にある。

四月の総会が始まると、車座になった会員が息を殺して見守る中、理事たちはピクピク痙攣して、互いの膜を撫でたり揉んだり擦ったりする。ネチャネチャ吸い付きあい、抱きしめあって結合し、一個の巨大な縞模様の塊になって見得を切ると、車座になった会員たちから讃嘆と激賞の声が湧き上がりやんやの喝采を浴びる。だがネチャネチャする余り、ついにはさまざまな部位が破裂して、破れ目から〈学会の諸問題〉が噴き出した。

D

取調室では
既に被疑者を縛りあげ
親指を切り落として
調査官は　その指で白紙に指印を押した
一瞬　無言が来たが

やおら　木刀で叩きのめした結果
椅子まで大破した

E

彼は　姿見の前に立った
右足に靴を履き
左足にはトイレのスリッパを履いていた

F

記者会見の時刻が迫った
患者の鼻腔をピンセットでほじくりかえし
ネジをゆるめていると
顔面が剥がれ落ちて
左耳にぶらさがり
裏側の袋には
けさ食べた粥や味噌汁が詰まっている
頭髪をつかんで引きずりながら

教授は四囲をねめまわし
あわてるなと研修生をたしなめて
液汁の袋に
じっと聴診器をあてている
やがてにっこり頷いて
扉に向かって合図を送ると
見せろ見せろと騒ぎ出し
我勝ちに記者団がなだれこんだ

G

既に研修生は土間に並んでいた
頭をはずして　風呂敷に包み
上がり框に向かって敬礼して
各自　足を洗い出した

H

ここで　角度の一考察をしておかなければならない

すなわち
球体の辺境を
星星は転回する
よって　東の夜空の星星が　四十五度
西に向かって傾斜する時
頭もまた
胴体に対して首すじを接線にして
四十五度　傾いている

I

確かに　頭には水がたまっていた　時間の序列から記述すれば　まず朝焼けが浮かび　真昼の足跡を浮かべ　夕映えが浮かび　星月夜が輝く　だが患者が睡眠中の未明　耳からも鼻からも口からも金属ブラシを突っ込み　ゴシリ・ゴシリ回転させる　すると星月夜が浮かんでいた水が頭の中で逆回転する　すなわち時間の序列が逆回転するのだ　逆回転して終に　ふたたび頭の水に朝焼けが浮かんでいる　今朝は金魚が泳いでいた

J

ズボンが走り去った
腰から下が透明になった

K

足の裏が光りだした
振り返れば　畳表に残された
足跡まで光っている
発光体だ！
あわてて
床の間に靴を置き
茶筆笥に靴下を放り投げ
流し台にのせ　タワシで丹念に
足の裏を洗いつづけた

L

階段は上るためにあるのだろうか、墜ちるためにあるのだろうか。一日の仕事を終えて、夕暮れが夜へと移行する時間帯が来れば、私はこんな他愛ない矛盾に苦しむのだった、ひっくり返されたカブトムシみたいに、手足を天井に向かってばたつかせて。

あるいはこうも考えてみた。もしも階段が存在しないとすれば、そうとすれば誰も永遠に転落しないだろうと。

人間は二本足であるという痛みを私は充分知っていた、自分の足だけで自分を支えなければならないという痛みとその悲しみを。

諸君。もう仮説でふざけるのは止そう。木星は木星から足を踏み外しては火星ないし土星と衝突し、両者ともに破滅するであろう。だから我々はあらゆる仮説を捨てなければならない。

もうそろそろ目を覚ましてほしい。木星は木星、二本足は二本足。階段がなければ、誰も転落しない。痛みとほんとうの喜びを知るとは、このことだ。

M

二本足で
他の天体に住み替える
頭をはずし　おもむろに振れば

首の穴から舞い散る　地球の悲惨な歴史
蛇だねえ
昔は　蛇のように狡猾だったねえ
翌日　他のすべての天体は
二本足を切断した
切断して
地球へ返送した

N

狂人と言われて　五十年　今夜も足を洗っていた　とてもキレイにしたかった

一日、一詩。

第二部

前置き

ここに収められた三十九篇の作品のうち、最初の八篇を除いた十一月二十二日から十二月二十二日までの三十一日間に書かれた詩と挿絵三十一篇は、毎日一篇ずつ一か月にわたって作られたのだった。よって「一日、一詩。」と題した。

また、去年の十月三十一日から十一月三十日までの三十一日間にわたって書いた詩と挿絵が「一日、一詩。」の第一部を構成し、従って今回の作品集を第二部とした。

こういった制作意志は言うまでもなく一種の錯乱した状態から発生したといって決して過言ではあるまい。錯乱詩集と銘打った所以である。

二〇二三年十二月二十三日、記す

2023-3-6

① 回転幻想

もつれて
球形になって
どこまでも　転がってゆく

手と足が八つ
頭が付いた首　二つ
胴体　二本
腕　四本　脚　四本
乳首　四つ
くちびる　ふたつ　サイレンみたいに喚き散らして
からまりあい
もつれあい

一個の団子になって
転がってゆく
二体が　密着し　接着し　痙攣し
トリモチ状にペチョリン　ペチョペチョ乱れ
足掻き
浜辺に向かって
ひっくり返って
そっくりかえって
転がり続けて
ふたりだけの海水浴を夢想する
なんという　いじらしい球体だろう　完璧な自己同一　極楽する回転運動

浜辺の先は
断崖だった

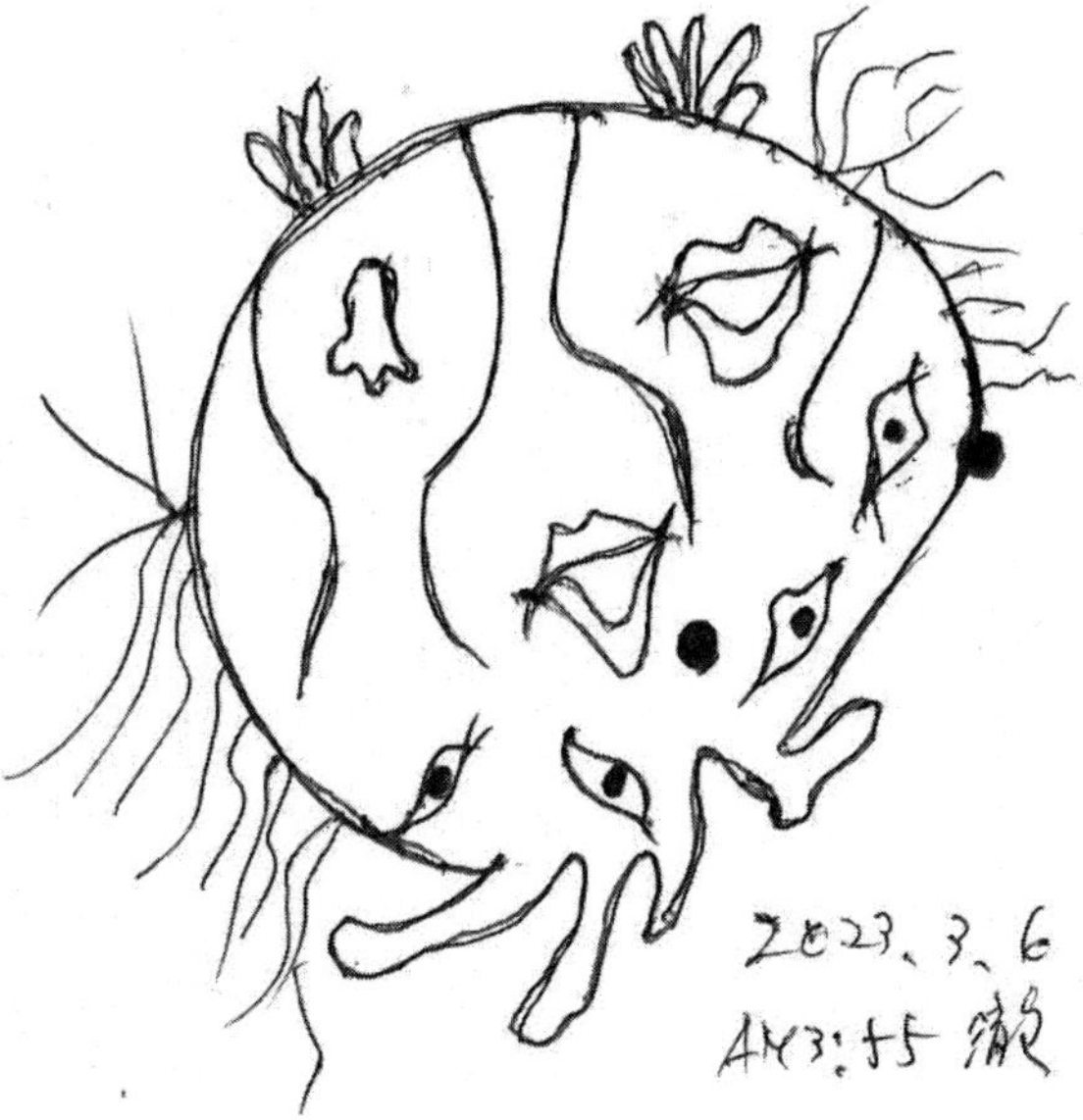

107.

2023-11-2

②流れ去り 消えてゆく中で

ものみな流れ去り
消えてゆく

だが　決して
それは川のことではない　無常の表現ではない

未明　三人の女の
手　脚　首　胴　耳　乳房　唇など

そして　頭から毛　足指の先まで　バラバラになって
虚空に浮かび　入り乱れ　まき散らされ

一瞬　画面全体が真っ赤に染まって
消えた

わたくしが愛した三人の女
こうして三つの秘密を宿したまま　みんな消えていた
足音さえ絶え　わたくしの激しくどす黒い愛欲は
三つに裂け

そこから絶望の墨が噴き出した
墨の中で　悶え　泡があふれ　横たわる未明だった
わたくしたちが交わした三つの秘密が　解体して　流れ去り
消えてゆく中で

2023-11-5

③十一月の洞窟

スサマジイ穴ダ！

やっと　つきとめた
どうやら　ここだな
オイ　さっさと
出てこい
庭の方へ
いやなら
ココから入っていくぞ

すさまじい十一月が来た
あの人はまだ洞窟に住んでいた

2023-11-6

④ 配達不能

わたしの言葉が届くのは
亡妻だけかもしれない
まだ　ましか

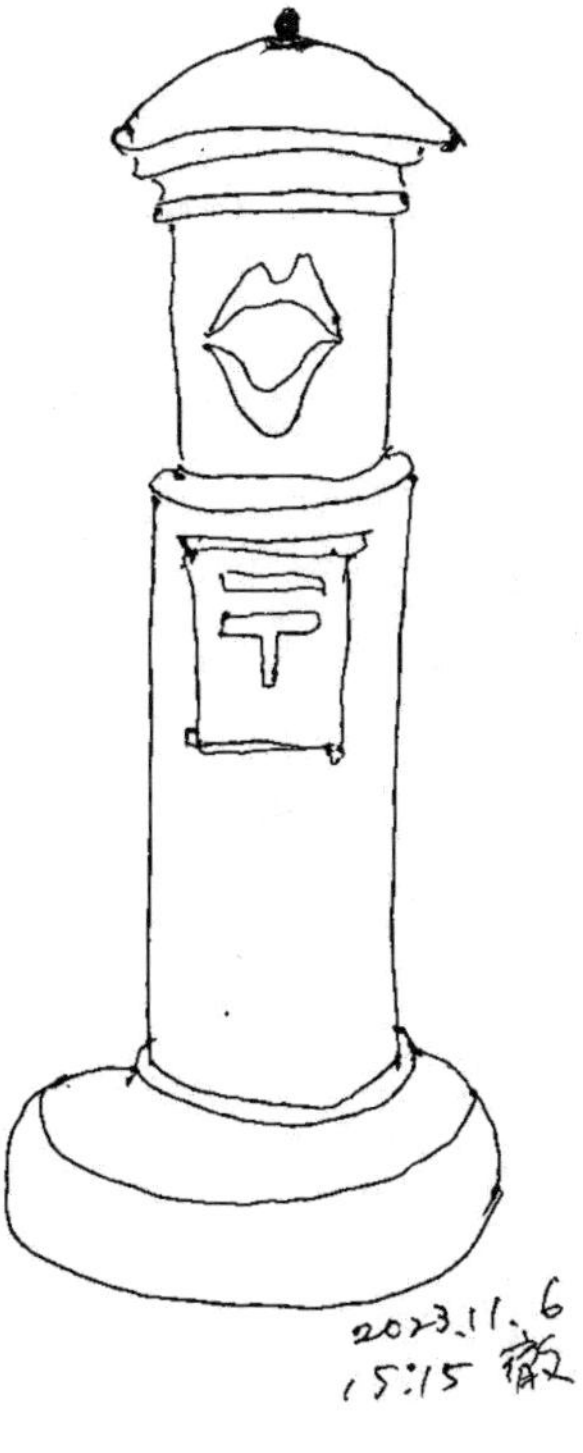

⑤午前三時三十七分だった。

いつの間にか眠っていた。夜中に激しい雷が連続して、雨の音の中で目覚めた。もう細部は忘れてしまったが、さまざまな映像や歌が流れていて、このまま朝まで起きているのだろう、ベッドの上で何度も反転を繰り返しながらそう思ったりしていた。だが、いつしか眠っていたのが、あの人の顔が画面いっぱい浮かんだ時、ドカン、近くで雷が落ち、目覚めているのだった。眠っていたのは一時間か、二時間くらいか、それとも数分なのか、わからなかった。しばらく天井を見つめていると、雷は消えた。雨の音は止んだ。眼前は静かな闇だった。その闇の中で、まだあの人の顔は笑みを零していた。ベッドから立ちあがり、そばの勉強机の上の電気スタンドのスイッチを押し、私はノートに走り書きをした。頭の中で私の名前をささやいている吐息がした。あの人の笑みがまだ脳天に鮮やかに浮かんでいた。午前三時三十七分。この文章を書き終えて、私の十一月七日が始まっていた。

2023.11.7
AM4:49

2023-11-9

⑥ 砕けた

あなたへの愛を
胸に残して
このまま
歳月が
倒れていた
砕けた

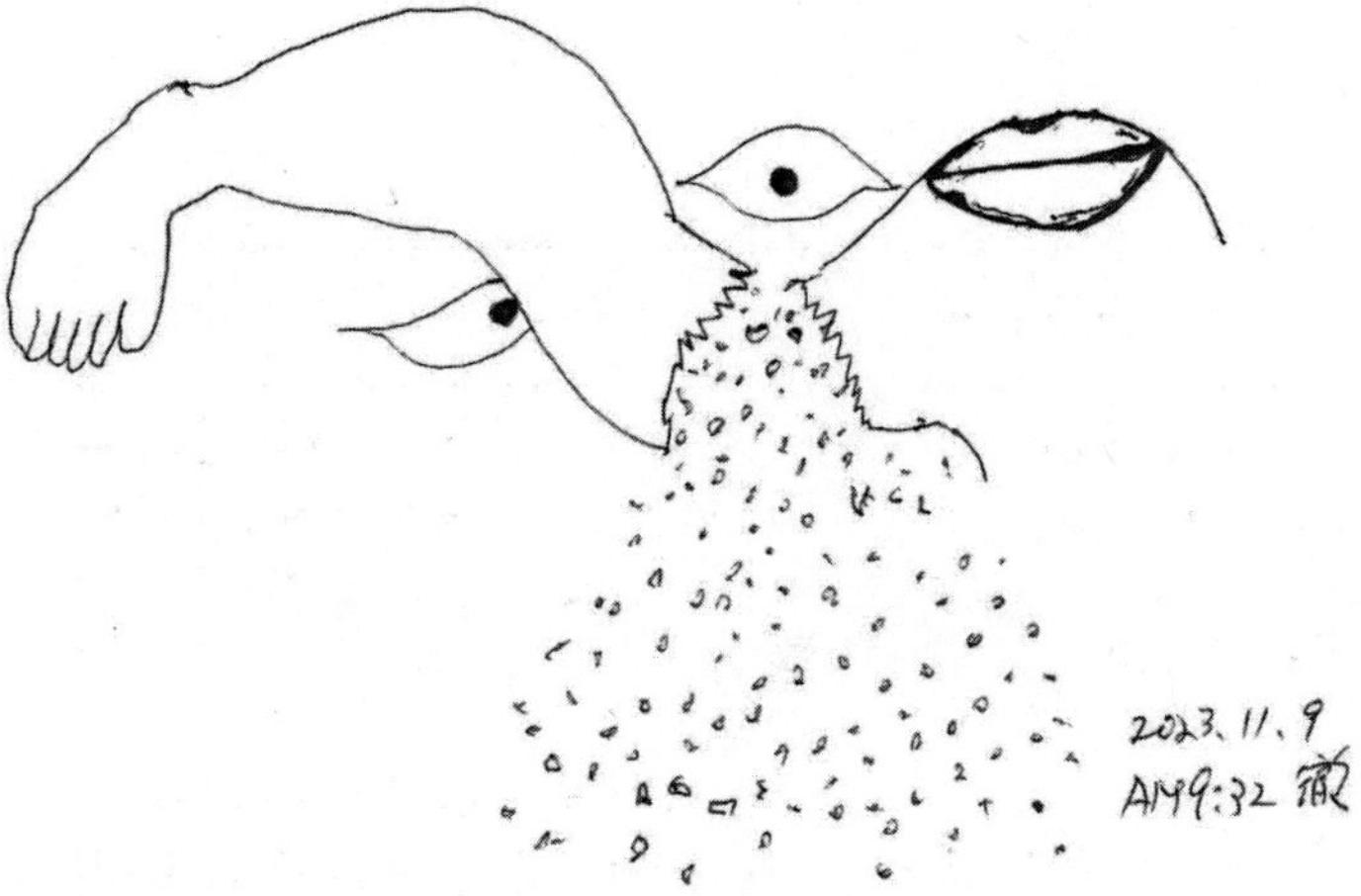

2023-11-13

⑦空洞

もう会議は始まっているらしい。

まず議題を何にするかな、ポツリと誰かがそんな言葉を落とした。議題も決まっていないのか、ざわめきが噴き出して、怒号が飛び出した。待て、しかし、確かに、右手の方からしっかり断定する発言があった、いったい、議題とは何だ、いまさら我々に論ずるに値することが存在するのか。まばらな拍手と口笛。左手の方からは、もう一度根源的な問題から論争しようじゃないか。一瞬、静寂が来た。それならば、中央やや後方から声がした、宇宙から始めるか、人間からか、生命からか、いっそのこと神だ、神と免財布、いや免罪符から始めようじゃないか。いいぞ、伊達男、根源的だ、ナイスガイ、いいじゃんか！たまにはお食事くらい誘ってよ、拍手喝采が巻き起こった。

私はたまらずドアをわずかに開けて、目を隙間にくっ付け、会場を覗き込んだ。驚いたことに場内には虫一匹いなかった。いまだに拍手喝采は鳴りやまなかったが、無人の空間だった。腐った紅色と爛れ切った紫の肉塊状の空洞がビラビラ振動していた。

2023.11.13
15:36 徹

2023-11-17

⑧波だけで

波
押し寄せる波

海でもなかった
川でもなかった
そもそも水なんてなかった
波だけが騒いでいた

浮かんでいるものも
流されるものもなかった
ゴミや　木切れや　ビニール袋……いかなる漂流物もなかった
死体も揺れてなかった

不思議だ
あなたの思い出さえ浮かんでこない
手も　首も
胴体も

毛も
両眼も　耳も
何も浮かばない波
あちらこちらで　無が喚いている

ひたひた　してください
どうぞ　ひっくり返って　ぴくぴく引きつり
破れてしまって　ずんずん千切れて
ぴんぴん　乱れて　ぴたぴた　崩れて

ねえ　波だけで　どこまでも　ぺちゃぴた　してください

2023.11.17
AM5:38 徹

2023-11-22

⑨ 咳をした後で。

微熱、咳、鼻水。ここ十日間くらいそんな症状を引きずっている。けれども、私は病院にも行かない、薬も飲まない。

午前中はいつもの通り、事務所へ出て従来通り仕事をしている。また、午後からは読書や散歩、あれこれ文章を書いたり、もちろん毎日酒を飲み続けている。

昨夜は、疲れて夜の八時ごろに寝た。未明、咳込んで目覚めた。しばらく天井を見つめながら、目覚める前の無数の黒と灰色の粒子が果てしなく続いている空間を思い出していた。午前三時三十八分。こんな言葉が浮かんだ。

どこまでいってもなにもない
えっちゃんでさえ消えている

えっちゃん、九年前に亡くなった私の妻。もう眠れないので、そのまま起きて家事を始めた。
辺りはすっかり明るくなり、庭の掃除も終わり、洗面所で手を洗いながら咳込んでいる時、こんな文字の列が頭に浮かんできた。午前八時二分だった。

言葉はやって来る以外には
どこにも
ない
小鳥たちが
朝
我が家の庭でさえずるように

2023-11-23

⑩ 無数で

網目模様が消えているのがわかった。

最初、それは微細な黒と灰色の糸で編まれてさながら一枚のダークグレイのスクリーンだったが、まず、灰色の糸だけが溶け、ぽっとり滴になって、落ち、黒だけが残された。網目は少し大きくなり、その向こう側に横たわる物体が見えそうでいて、やはり見えなかった。

どうだろう。ひょっとしたらわずかの間、私は寝てしまったのかもしれない。黒はすっかり消えていた。黒い滴もあちらこちらでわずかにぽっとり落ちているけれど、もはや向こう側は歴然していた。

いったい私は何を見ているのだろう。数えきれなかった。あれは何だ。まだ無数で生きているのだろうか。

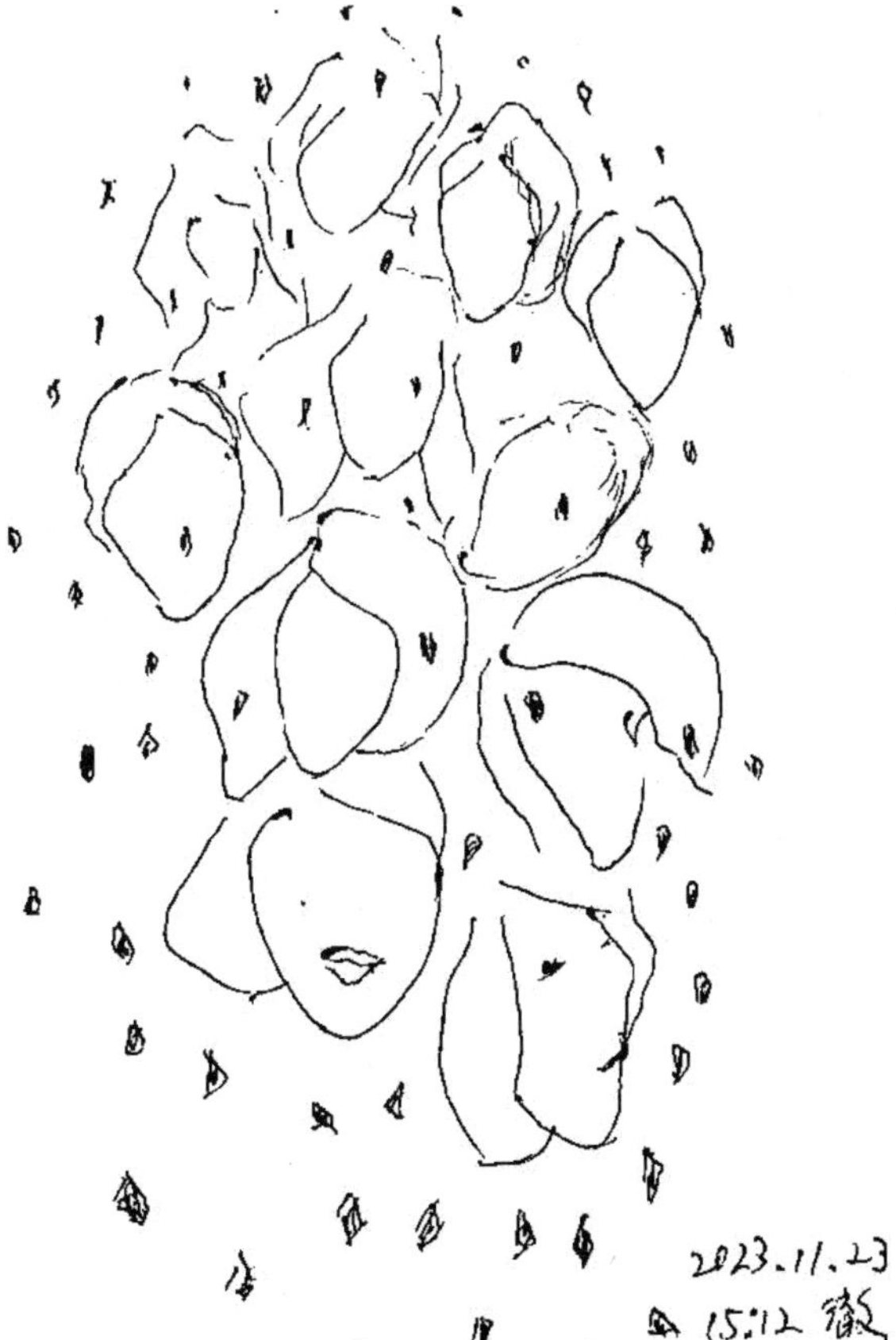
2023.11.23
15:12 徹

2023-11-24

⑪ 背中で音がする

カシャカシャという音がする。しかし私は聴いていないふりをした。だって、そうじゃないだろうか。自分の存在感を示すために音まで出すなんて。止めろ！　ほんとは大声で怒鳴ってやりたい。音なんて出す前に、背中を向けて、さっさと引っ込んでいろ。奴の背中にそんな罵声を叩きつけてやりたいくらいだった。いかんせん。生まれてからこのかた、私にはそれが出来なかった。むしろ私の方がいつも奴に背中を向けるのだった。そしてその背中に奴のあらぬ雑言を背負うのだった。だから、背中の髄の辺りで音がするのだろうか。両耳を両手でふさいでも、カシャカシャというこの奇妙なノイズが止まないのは、背中の髄で鳴っているからだろうか。

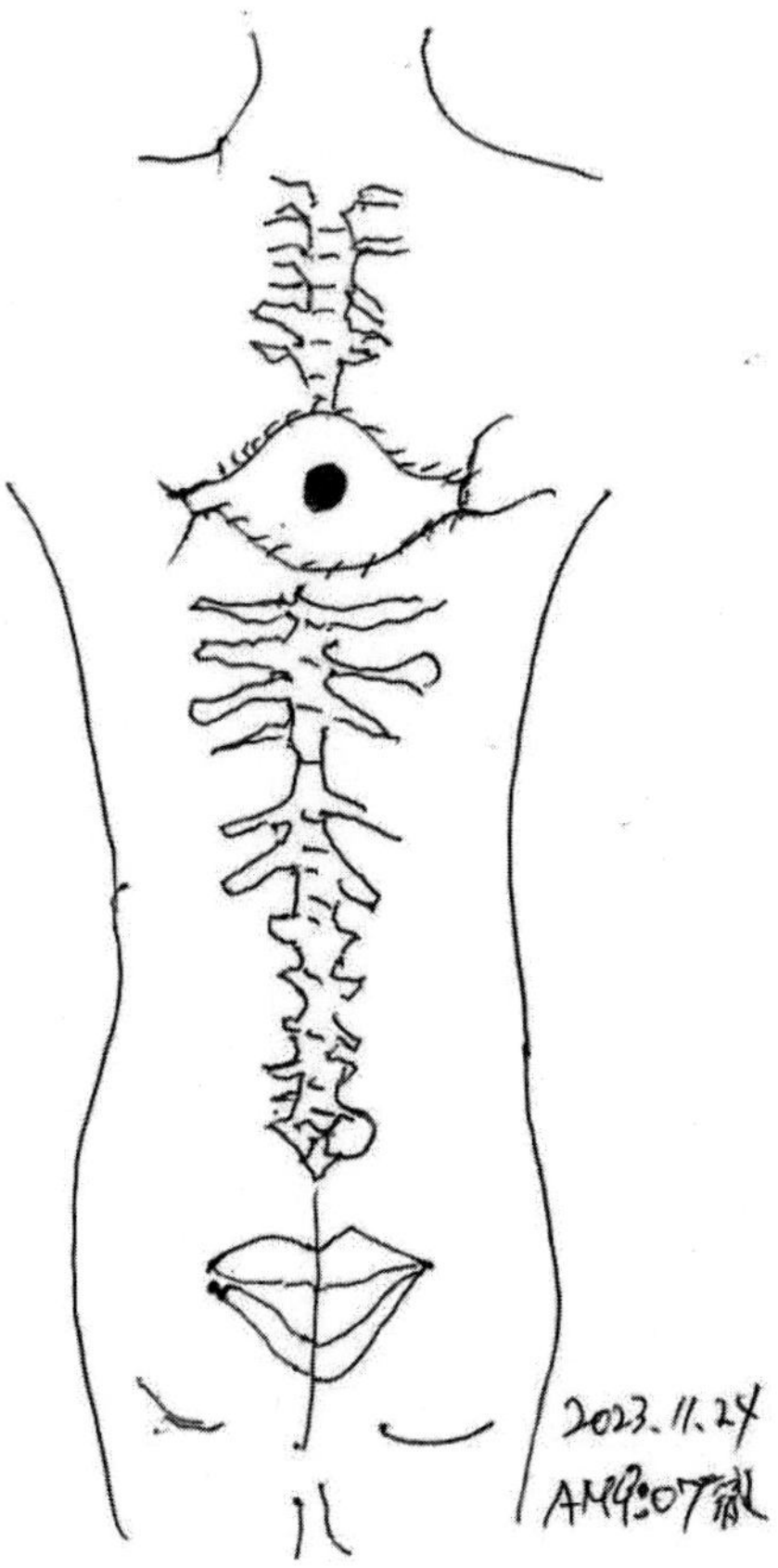
2023.11.24
AM4:07

2023-11-25

⑫ 穴の向こう側に

限りない淵がある。今夜、それを覗くまでは、そんな淵があるなんて、まったく信じてはいなかった。それればかりではなく、まるで興味もなく、まして詮索するなどは思いも寄らなかった。

確かに深い淵は我が国土にも散在しているだろう。けれども限りない底なしの穴ならば、それをもはや深淵とは呼ばない。深淵ならば、つまるところ、最後にはその底が発見されるに違いない。

深夜、私は咳込んで目覚めたのだった、ここ数日そんな不快な状態が続いていたのだったが。驚いたことに、穴の向こう側は無数だった。いったい何と表現すればよろしかろう。当然ではあるが「無数」は「限りない」存在で、それ自体、言語表現を超越していた。つまり永続する、永遠超越体だった。夜半に目覚め、天井を見つめながら、今のところ、私の衰弱した脳裏にはそれくらいの言葉しか浮かばなかった。しかしこれだけは確実であろう。穴の向こう側に存在する無数、永遠超越体は、すべて生きているのだった。何故なら、時折、さまざまな虫やら魚、鳥、蛇、人間、花などに変容して穴の向こう側で彼等は賑やかに遊んでいるのだった。いったいこれは何だ。

2023-11-26

⑬ 右の乳房まで

深夜に目覚め
ベッドに横たわったまま
ボンヤリ天井を見つめていると
にじり寄って来た
もうすっかりあなたは
あの世で生きているとばかり思っていた　だが
左の頬から耳たぶまで吐息で湿って
くすぐったくて
まだ天井を見あげながら
あなたの冷たくなった人差指を握りしめ
こんな途方もない思いをわたしは抱くのだった……
この世に同じ人間が三人いると言われている

いったいあなたは誰だ
九年前　あの世へ旅立ったあなた本人か
それとも　この世のどこかで生きている他の二人
そのうちのいずれか一人だろうか
いや　違う
そんなはずはない
彼女らは二人ともわたしの家を知らないはずだ
だから　いま　このベッドで添い寝できるわけなんてないじゃないか
それに
こいつはどうだ
人差指だけではなかった
あなたの右の乳房までこんなにも冷たいのだから
きっとお迎えに来たのだろう

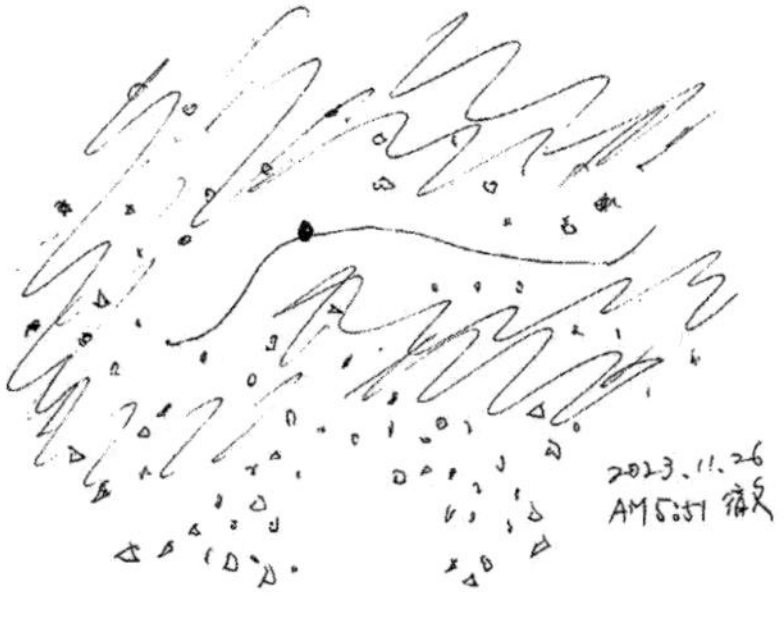

2023-11-27

⑭ ツイツイと

首を絞める人がいる
深夜ではない
真昼だ

人影はなかった
両手だ
最初　両手の気配だけだった

空中移動する
輪になった
十本の指

人であって
人ならざるもの
指だけで

首まわりまで
ツイツイと　空中移動する
それは真昼だった

2023-11-28

⑮ チュンチュンするもの

うごめくもの
からだじゅうで

体中でも
体外でも

これはいったいなんだろう
小さいのは一センチ　いや　もっと小さく
大きいのは三十センチくらいもあって
朝から

下手すると
夜中まで

いや　一晩中でも
チュンチュン　チュンチュン

あちこちチュンチュンして
終日　緑と紅のまだら模様で　動いている

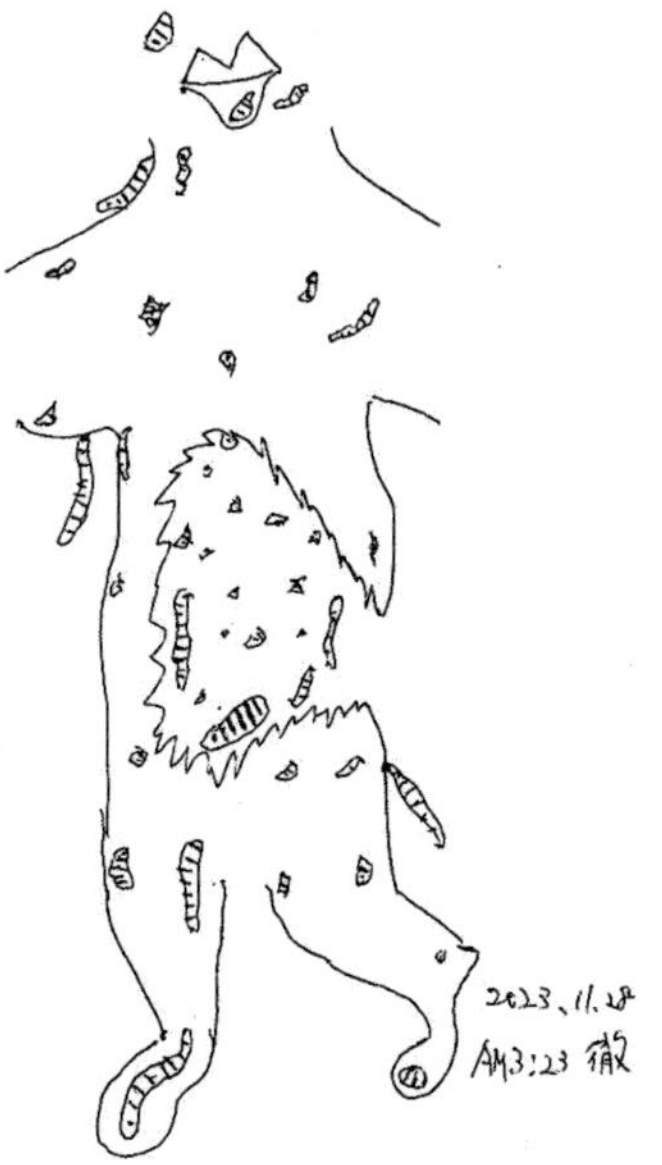

2023-11-29

⑯ 小さな暗黒

それは突然流れ出て来た　そう言ってよかったと思う
決して夢ではなかった
妄想でも　まして冗談でも

開いていた
理由は知れなかった
驚愕したまなざしでそれを覗いていた　あなたと二人だけで

奥は見えなかった
小さな暗黒だった　そう言えばいいのか
優しくて　とても柔らかそうだった

あの時
思い切って手を伸ばせばよかったのかもしれない
わたしにとって　生涯の不覚だった
もう　あなたもこの世にいない
だから流れ出て　開くことはなかった
小さな暗黒は　二度と帰らなかった

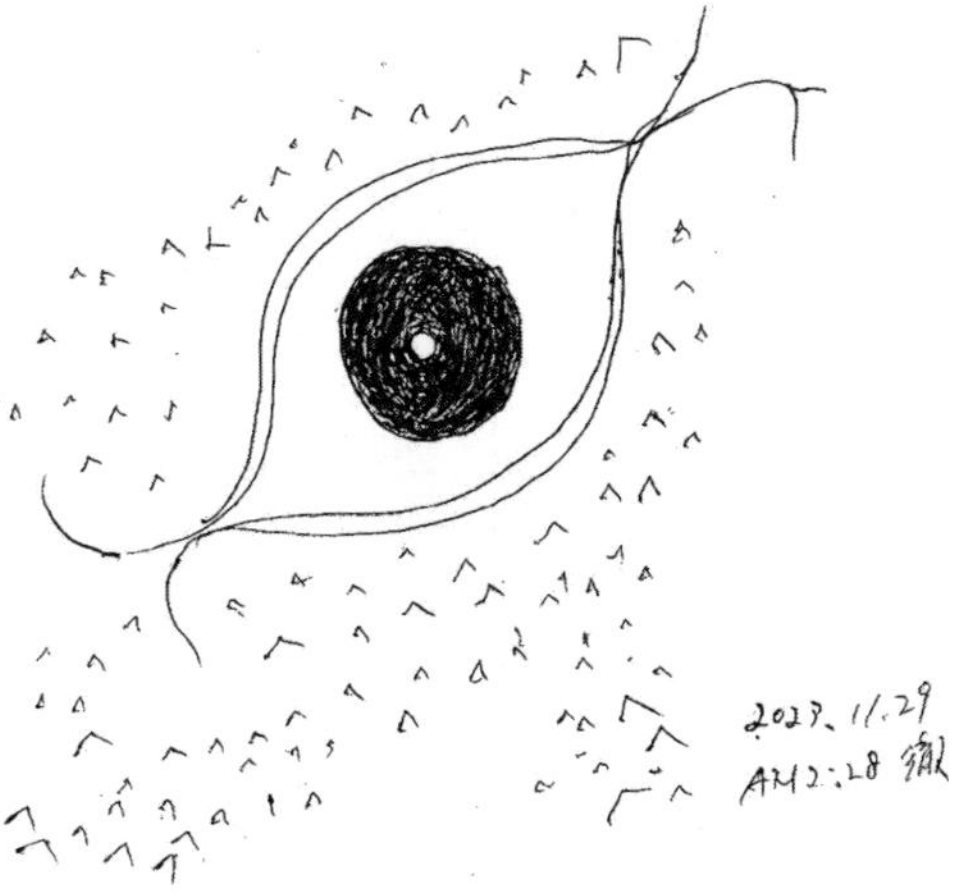

2023-11-30

⑰ 新たな部屋に招かれて

いつもの行きなれたレストランだった。私は妻を亡くしてから、朝と昼のご飯は自分で作っているが、晩は毎日外食だった。そのうえ、同じレストランばかり通っていた。ひとりで生活しているので、余りストレスになることは避けて日々を送るのだった。妻が亡くなって九年間、私は自宅で晩御飯を食べたことは一度もなかった。

どこにでもある月並みなレストランだとばかり私は思っていた。もちろん私は一人だったが、家族連れや、あるいは友達同士でやって来る人達で賑わう、いわゆるファミリーレストランだった。だが今夜は違った。店長に別室へ案内されたのだった。ドアを開けると、紅のドレスを着た女が立っている。

「よくいらっしゃいました。いつもお世話になっています。さあ、どうぞ」

妻以外はほとんど知らなかった私は女性の歳なんて皆目見当もつかなかった。おそらく厚化粧しているのだろう、三十代に見えるけれど、ひょっとしたらもう五十を過ぎているのかもしれない。魅惑する物腰で、妖しい香水で出来た体を紅のドレスで包んだ、艶めいて、少し青ざめた肌色のしっとり頽廃したかぐわしい花束を目前にしている、突然のことで私の心は乱れていた。

どうやら招かれた部屋は控室らしく、壁際に四人掛けのソファが置いてあるだけで、彼女の他には誰もいない。耳もとに唇を寄せて、背後から抱きしめて、

「こちらのドアから入ってくださいね」

銀色のノブをつけた黒い扉に私の体を押し付けた。私達はたがいの唇を開いて濃厚なくちづけをむさぼり続けた。夢中になってしまったので、まったく気づかなかった。彼女は私の背後の銀色のノブを回し、向こう側へ私を押し出して、いきなり扉を閉ざしたのだった。

何が起こったのか、すぐには理解できなかった。やがて私の首のまわりは鎖で囲まれて、リードに繋がれているのがわかった。犬だ！　そうに違いなかった。四つ足で歩き、全身が黒い毛で覆われている自分の体を認めたのだった。そればかりではなかった。リードを持って私と散歩を楽しんでいるのは九年前に亡くなった妻だった。

「ジャック、お母さんよ」

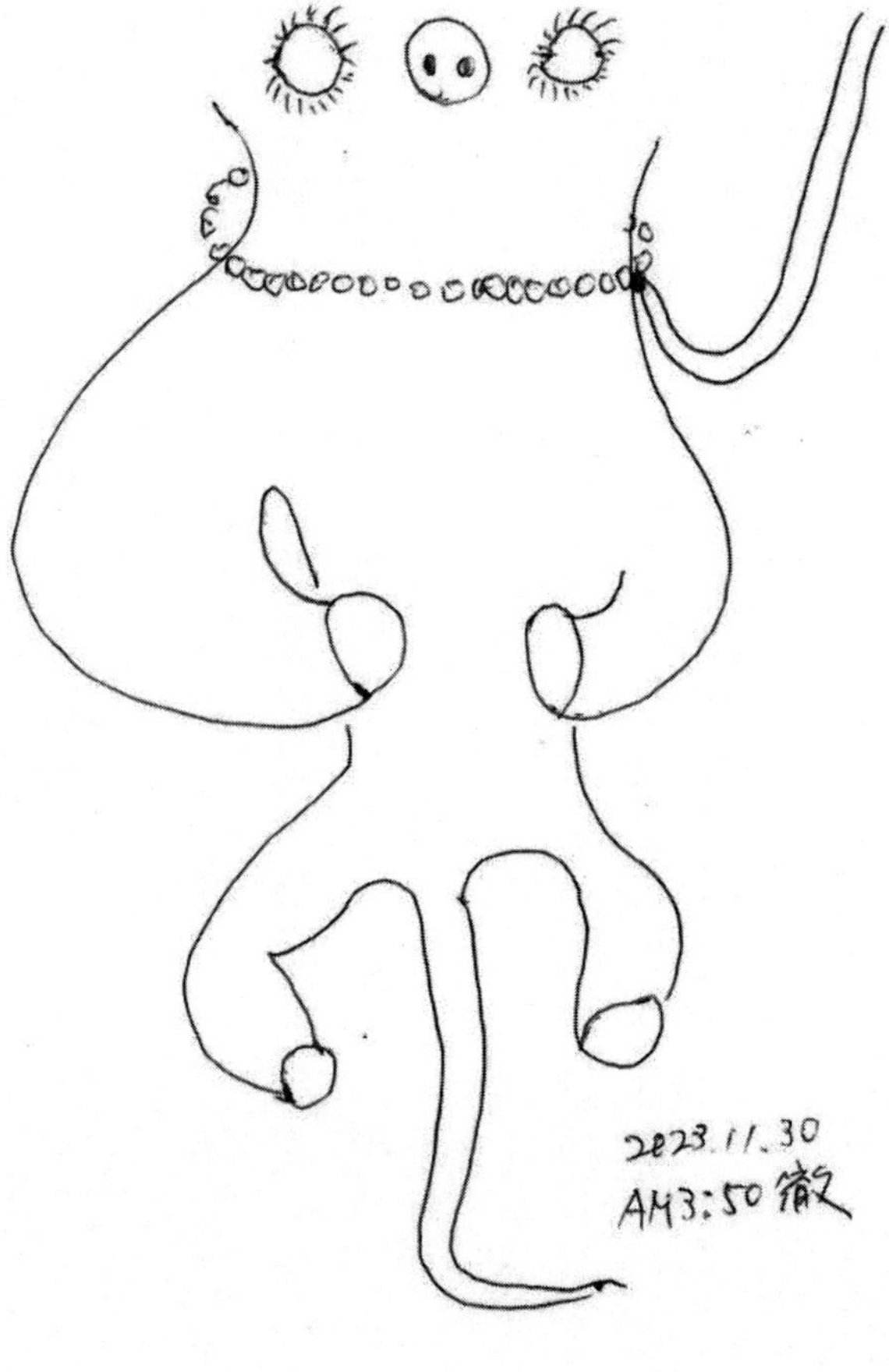
2023.11.30
AM3:50 徹

2023-12-1

⑱ 会議室

それは空しい抵抗なのかもしれない。何故もっと早く気づかなかったのだろう。今となっては、もう手遅れなのだろうか。

こんなうっとうしい話なんて、誰も聞きたくもないだろう。私が語り始めたならば、みんな耳を両手で塞ぐだろう。いや、耳栓をして平然とした顔で笑みさえ零しているに違いない。ホラ、こうやってあなたのお話に耳を傾けていますよ、少し右肩を私の方へ傾けながら。

ややあって、彼女が机を叩いて、きっぱりこう言い切った。九年前に妻を亡くしてからしばらくして、ひそかに私は彼女を恋しく思い始めているのだが。

「上着の左の内ポケットを探ってごらん！」

何ということだ。まさに彼女の言う通りだ。図星だった。私は赤面し、目を膝に落としてつい泣きべそをかいてしまった。内ポケットから、亡妻のあの財布が出てきた。

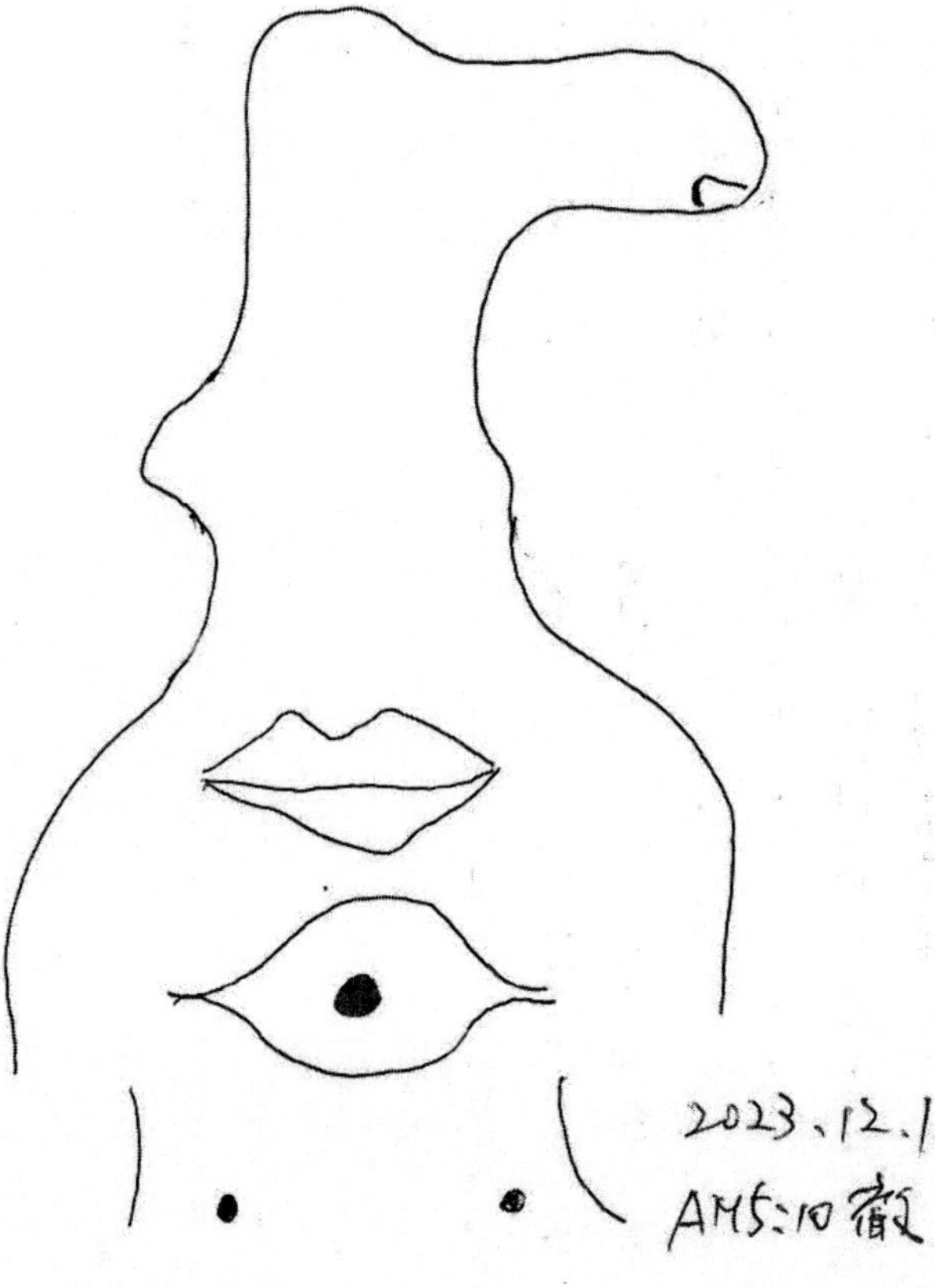
2023、12.1
AM5:10 徹

2023-12-2

⑲ 結局

どうしてこれほどまでに穏やかな気持ちなんだろう。既にここまで追いつめられて、逃げ場はもう十歩たりとも背後に残されてはいなかった。

確かにそれが事実なんだろう。また、この期に及んで、まさかこの事実から目をそらそうなんて思いもよらないことだった。だがしかし、意外にも彼の心はしんと静まりかえって、清らかな水さえひたひた流れていた。

彼は内面に流れているその川をじっと見つめている。結局、彼はこんなふうに結論していた。川が海へ流れてひとつになるように、内面から外界へ、脇腹に開いたこの一センチ大の穴から清らかな水がまっ赤に染まってあふれで出て、土へ帰るのだ。そうだ。わたしは赤い水になって散る。さも何事もなかったかのごとく。

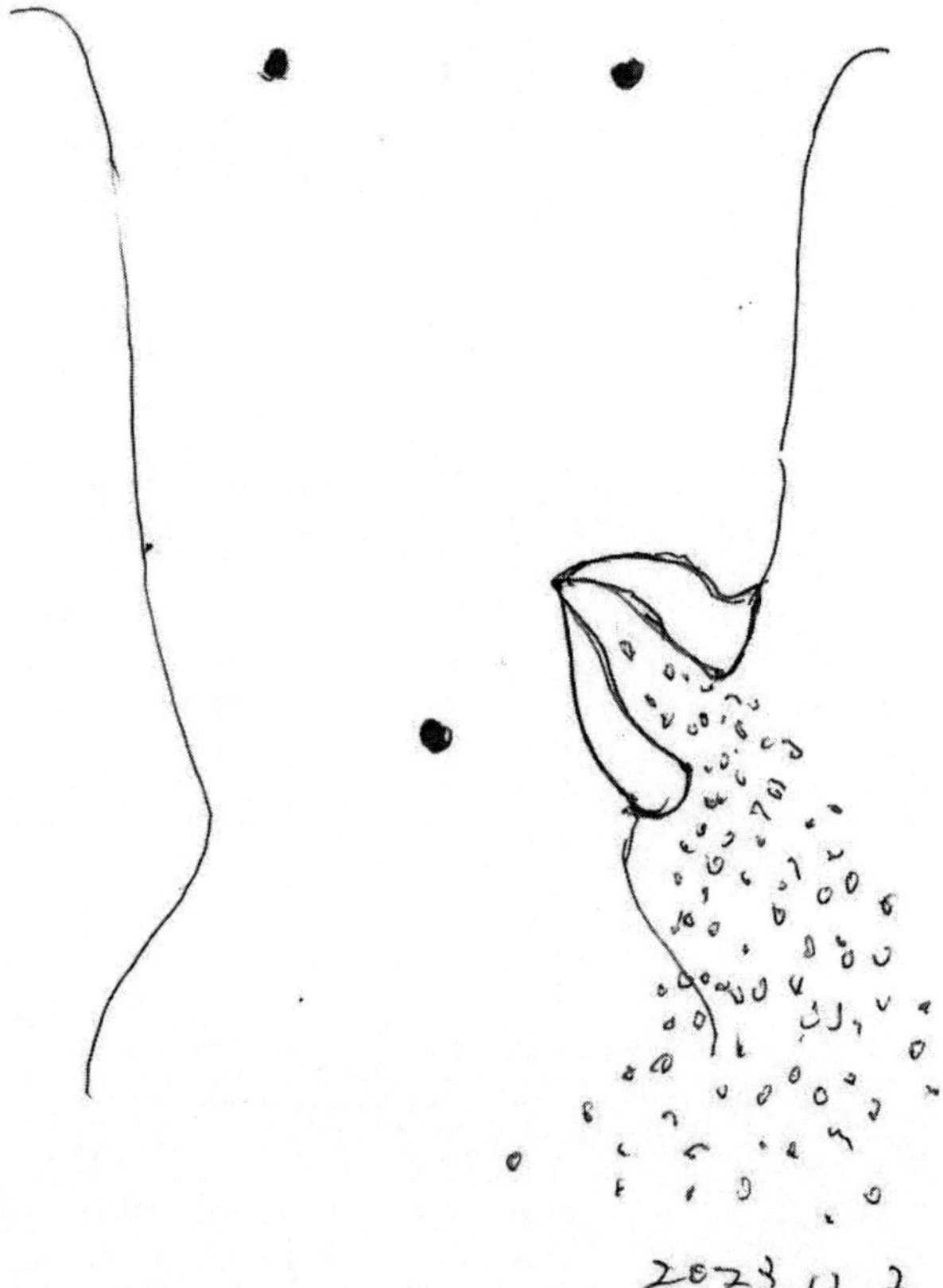
2023.12.2
AM4:37 徹

2023-12-3

⑳どんづまりだった

暗くて明るいのがあるかもしれない。ボクがそう呟いた時、何が言いたいのかさっぱりわかんない、あなたは頭ごなしに否定した。けれど、ねえ、お願いだ、まったく意味不明だなんて決めつけないでくれまいか。

どうしてボクをそんなに責めるんだ。こんな状態だったら、二度とあなたに会いたくはない。ラインの声さえもう聞きたくもない。暗くて明るいのがあるかもしれない。この問題を極めるためには、あなたと絶交してもいい、ボクはそこまで思いつめてるんだ。

ボクの前から消えちまえ。このコーヒー茶碗も見たくもない。失敬するからな。ほんとは、こんな言葉をキッパリと叩きつけてやりたかったのに。けれど、やっぱー、心の底ではあなたのことが好きで、たまらなくて、なんというか、ご覧の通り、なんにも言えなかった。情けなくなって、肩を落として、帰路を急いだ。

いったいボクは何を言わんとしているのか。……シクジッタ！　こんな言葉が口をついて出た。これだけは間違いない。とどのつまり、暗くて明るいものを探すのに余りにネチックコク固執したばっかりに、ボクはあなたを失ってしまった！　ポケットから愛を落としちゃった！　遅まきながら、今となっては我が身を叱責し断罪せざるを得なかった。毎日が、暗くてさらに暗かった。真っ暗だった。どんづまりだった。

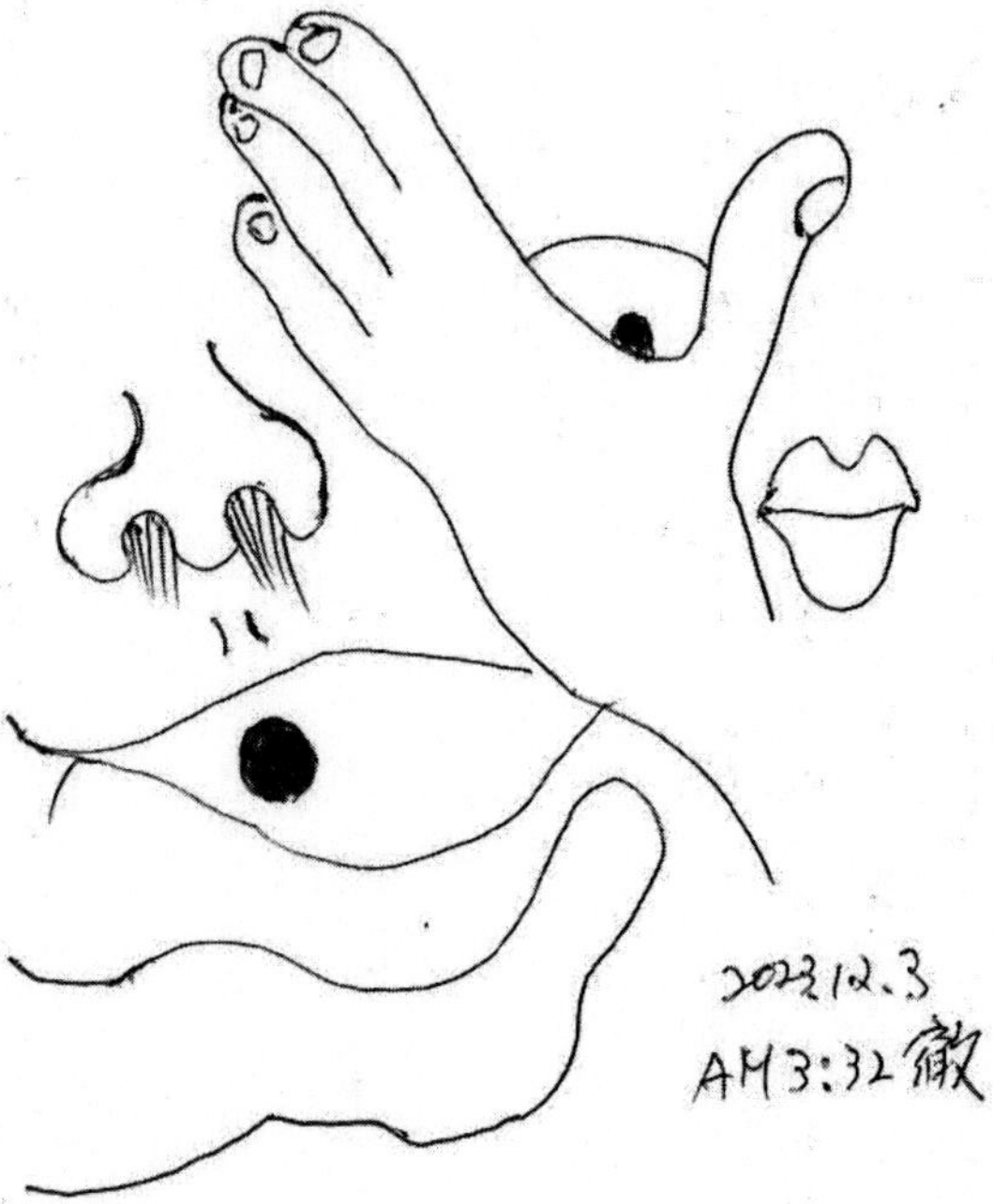

2023-12-4

㉑ 海鳴り

夕方、辺りは赤味を帯びて輝いていた。月並みな表現ではあるが、夕焼けが燃えていた。山の中腹に位置する温泉街なので、晴れた日の夕暮れ時はいつもこうなのだろうか。

バス停があった川向うから橋を渡った交差点、左手の対向一車線の急な上り坂から車が何台かおりてきて、大勢の温泉客がうごめいている。カジュアルなスタイルの人に交じって浴衣姿もチラホラ。

旅館の一階にある土産物店で彼は絵葉書を買った。レジで精算しようとすると、

「お泊りですか。では、それはサービス品です。お持ち帰りください。明日、お帰りの節はぜひ当店をよろしくお願いします」

見学がてら坂道を登っていくと、背後から見知らぬ男が彼の肩を叩いた。黒いサングラスをかけたチンピラ風の大男だった

「万引きの現行犯で逮捕します」

冗談だろうと彼は高をくくっていたが、「絵葉書の件だ、わかってるな」、彼を正面から

見据え恫喝し、警察手帳をチラッと見せた。いきなり両手は手錠をはめられ、引きずるように大男に連行された。助けてくれ！　彼は叫ぼうとしたが恐怖のあまり声が出ない。横町を曲がって、誰もいない路地裏で目隠しをされ、猿轡をはめられた。大男は彼の耳もとで早口でまくし立てている、「つべこべ騒ぐと、わかってるな、これだ」、彼の首元に刺身包丁のようなヒンヤリした金属をそっと押し付けている。

どこまで連れていかれたのか、見当もつかなかった。目隠しされて手錠と猿轡をはめられたまま、彼は大きな麻袋のようなものに押し込まれ、車で運び去られた。今夜、ある人妻とこの温泉街の旅館で落ち合う約束を彼はしていた。彼女は今頃どうしているのだろう。まさか彼女も目隠しと手錠と猿轡をされて麻袋に放り込まれ、どこかに連れ去られたのだとしたら。だったら犯人は彼女の夫だ！　いや、待て、それとも、俺に怨恨を抱いている奴が他にいるのだろうか。ここまでやるくらいの恨みを持った奴。わからない。思い当たる奴はいないのだが……

袋詰めにされたまま、コンクリートらしい硬くて冷たい場所に彼は放り出された。ひっそりしていた。海鳴りだけが聞こえていた。

2023.12.4
AM5:46 徹

2023-12-5

㉒ とりあえず　おやすみ

そうじゃないのか
嘘をついていたのか
残念だな
これでお別れにしよう

もっと早く知りたかった
君が嘘ばかりついていたのを
だったら
君の嘘をもっと楽しむことが出来ただろうに

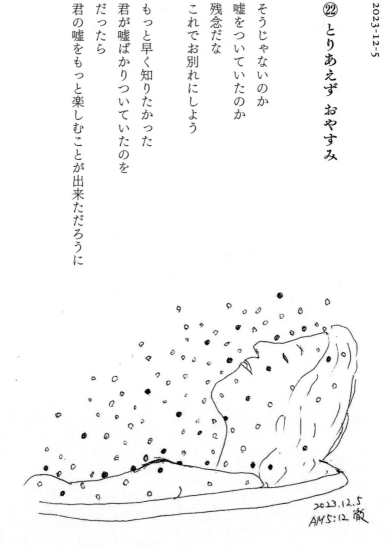

2023-12-6

㉓再婚

黙っているのはよくない
どんどんボクを批判してくれ
中学生の時
担任の先生から
人は批判されることによって大きく成長する
ありがたい教えをこうむった
だから
妻にも
毎日　ボクを批判してくれ
何度もお願いしたのに
好きな人に批判なんて出来ません
そんなこと言いやがって

これが離婚原因だった
別れても　たまにはホテルで会っていたけれど
三年後　彼女は再婚した

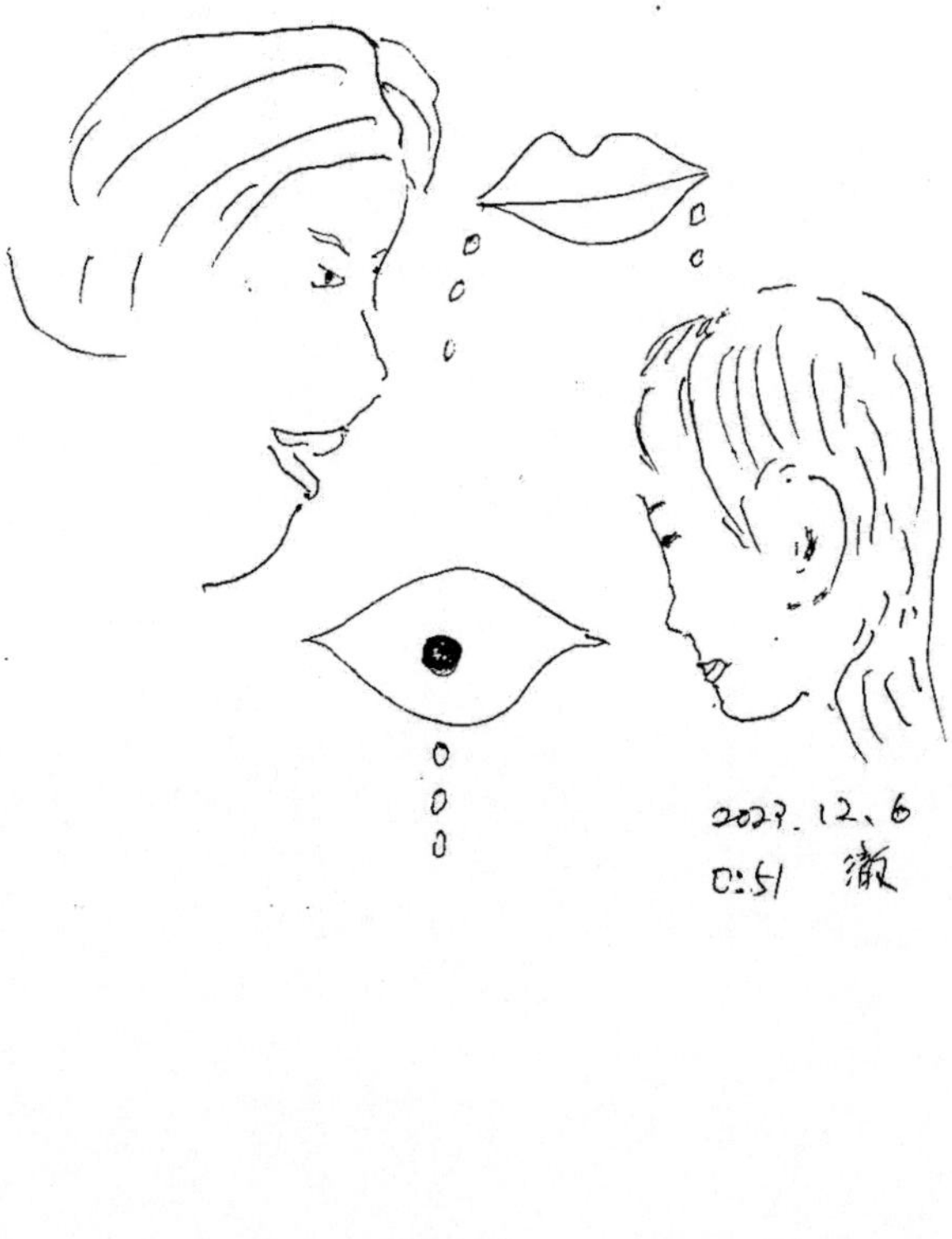

2023-12-7

㉔ ある悲劇

あれはいったいなんだろう
例えば　こんな音がした

　ずるずる
　ざるざる

でも　どうやら　日替わりメニューみたいで

　かなかな
　さなさな

だからいったいなんだろうと首をひねるのだった

球状の物体なのは確かだった
大きさから言えばパチンコ玉くらいだったが　決して固くはなかった
また　銀色でもなかった
むしろ柔らかいのだろう　緑色のしずくがテーブルに垂れていた
手のひらで受けると　ぺちゃぺちゃした
理性は壊れた　全身がうずうずしてきた
思わず球体に指を出した　触ってしまった
それからの悲劇は　語るまい
ただ　この世から音が消えたことだけはお伝えしておこう
無音だった

2023-12-8

㉕赤いスープ

スープが出て来た。濁った赤。
人参だろうか。それともトマト？
だだっ広いレストランに彼ひとりだった。
従業員の姿が見えない。
ならば、このスープは誰が運んだのだろう。
こんな初歩的な疑問が頭をかすめた。
まあ、いいじゃないか。
背後から声がした。
ダメだ、ジットしていろ。
けれど、
がまんがならず、
つい振り返ってしまった。

ここはレストランではなかった。
一瞬、彼の腹の底からものすごい悲鳴が出た。
喉にかぶりつかれた。
椅子に座ったままテーブルの上にひっくり返った。
赤いスープが飛び散った。

2023-12-9

㉖ 立入禁止だった。

仕事から帰ってみると、立入禁止になっていた。九年前に妻を喪ってからというもの、一人住まいだったため、確かに廃屋に近い状態だと言えなくもなかった。しかし私はこの中で飯を食ったりベッドに寝ころんだりして暮らしてきたのだ。ご近所からは汚い檻に住むケダモノ同然じゃないか、そんな後ろ指をさされていたにせよ。

かれこれ五十年余り住んできた2DKの小さな平屋建てだった。この家の周囲を青い洗濯ロープで何重にも囲み、玄関ドアに「立入禁止」と大きな朱書が貼られている。その朱書の下に黒字でこう書かれていた。「この家の者の所有権は本日二〇二三年十二月九日土曜日午前三時三十分をもって剝奪する」。

この日時を見て私は驚いてしまった。きょうは土曜日で仕事は休みだった。だが何故私は仕事帰りなのだろう。しかも、今、スマホで時間を調べてみたら午前三時三十三分だった。こんな未明に、何故私は門灯も消えた我が家の門前に立ち尽くしているのだろう。

念のため私はもう一度我が家の玄関ドアを懐中電灯で照らして、じっと見つめた。間違いなくそこには「立入禁止」と大きく朱書したチラシが貼りつけてあるのだった。

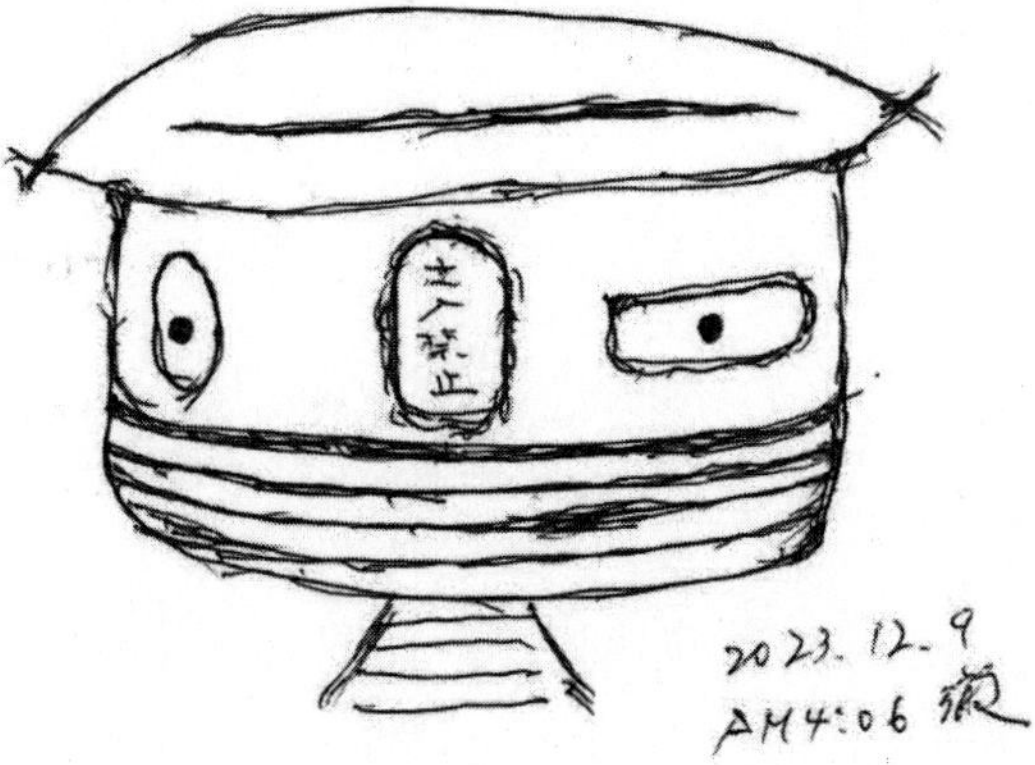

2023-12-10

㉗ ガラスの滝

危ない集合住宅に住んでいた。とんでもない話だった。すべてはガラス製品だった。透明だった。

テーブルも椅子も透明ガラスだった。腰を掛けるのがためらわれた。割れたり折れたりするのじゃないか、とても不安だった。また、床から階下の部屋が薄ぼんやりと窺うことが出来た。ということは、階下から我が家を窺うことが出来るはずだった。現に、我が家から階上の家も、それぱかりか、顔を壁に押し付けて目を凝らせば両隣の家もかなり鮮明に覗くことが出来た。

そうはいっても、我が家で立ちんぼを続けるわけにはいかない。くつろぎたかった。思い切って椅子に腰を下ろし、テーブルに両肘をついて辺りを見回した。ほとんど透明な世界で生きている気持がした。ただ窓外は緑色のガラスの樹林がずっと連なっていて、その果ての空は青ガラスで出来ていた。円形の赤ガラスの太陽が浮かんでいる。

驚いたことにテーブルのガラスに映った私の体、顔も肩も頭髪でさえ透明ガラスだった。

もちろん手のひらも指も。あわてて両手をテーブルに押しつけて立ち上がったはずみに、指が折れた。十本の指が折れ、両肩が割れてはずれて床に落ちた。首が転がって目鼻がはずれて飛び散る寸前、バキャ！ そんな轟音がした。部屋が破砕し、ガラスの滝になって、崩れ去るのがわかった。

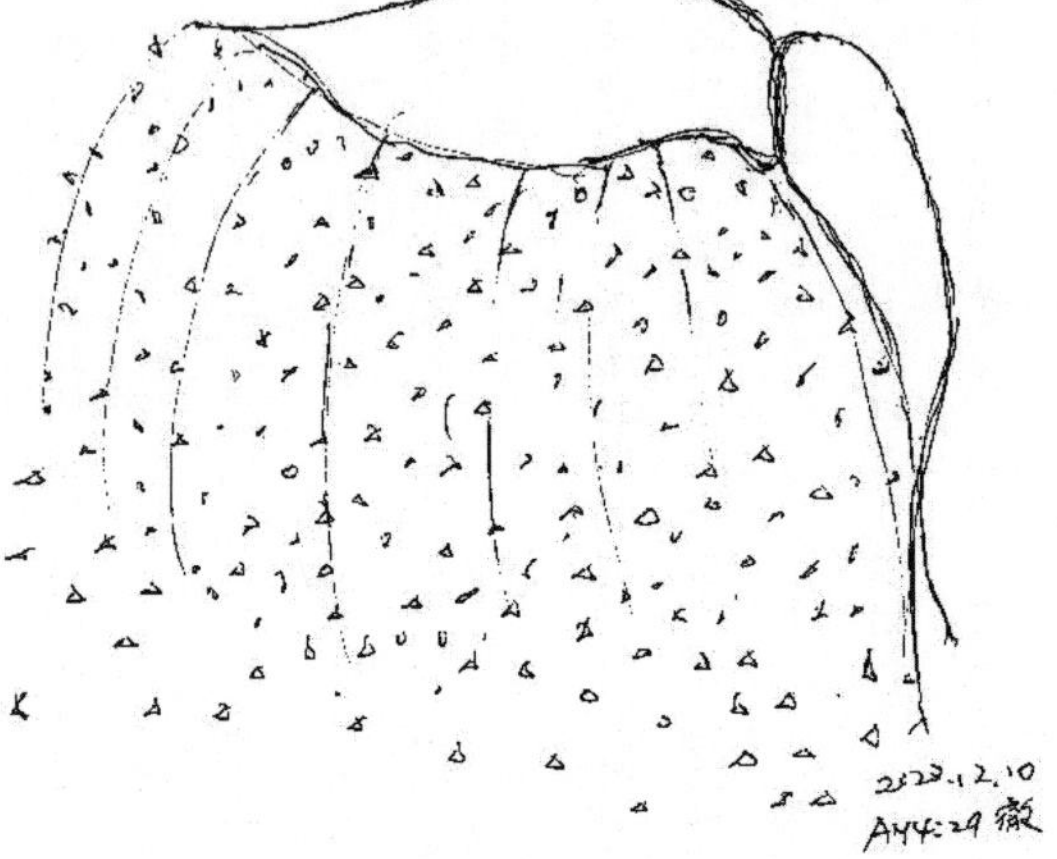

2023-12-11

㉘ 緑色の愛

部屋の片隅に黒い円筒形のゴミ箱。いったい誰が置いたのだろう。彼にはまったく記憶がなかった。

直径三十センチくらい、高さ五十センチくらいのなんの変哲もないゴミ箱。中を覗くと、底に直径二十センチ近い楕円になった緑色のゴム状物質がくっ付いている。逆さにして何度もポンポン底を叩いてもそのゴミは落ちてこない。仕方がないので、少し気味が悪いが右手を突っ込んで、ゴミをつかんだ。

どうしたものだろう。それは底にくっ付いたままいくら引っ張っても離れない。もう向きになってしまって、強く握りしめ、グイグイ左右に振り絞って引きちぎってやろう、もぎとってやろう、意気込んでみたが、やはりダメだ。

そのうえやっかいなことになってしまった。握りしめていたその緑の楕円形ゴム状物体が彼の右手から離れなくなってしまった。しばらくすると、なんだか手のひらにグジャグジャ濡れた感触が広がってゆく。もう必死だった。彼はごみ箱を振り回して、これでもかとばかり床に叩きつけるのだった。半狂乱だった。

ダメだった。彼は見捨てられた気持ちさえして、天井を見上げ、呆然と立ち尽くしていた。

その出来事を境にして、彼は右手を円筒形のゴミ箱に突っ込んだまま、新しい生活を続けなければならなかった。既にゴミ箱は彼の体の一部だった。緑色の楕円形ゴム状物体が手のひらを繋ぎとめている限り、彼とゴミ箱は一体だった。

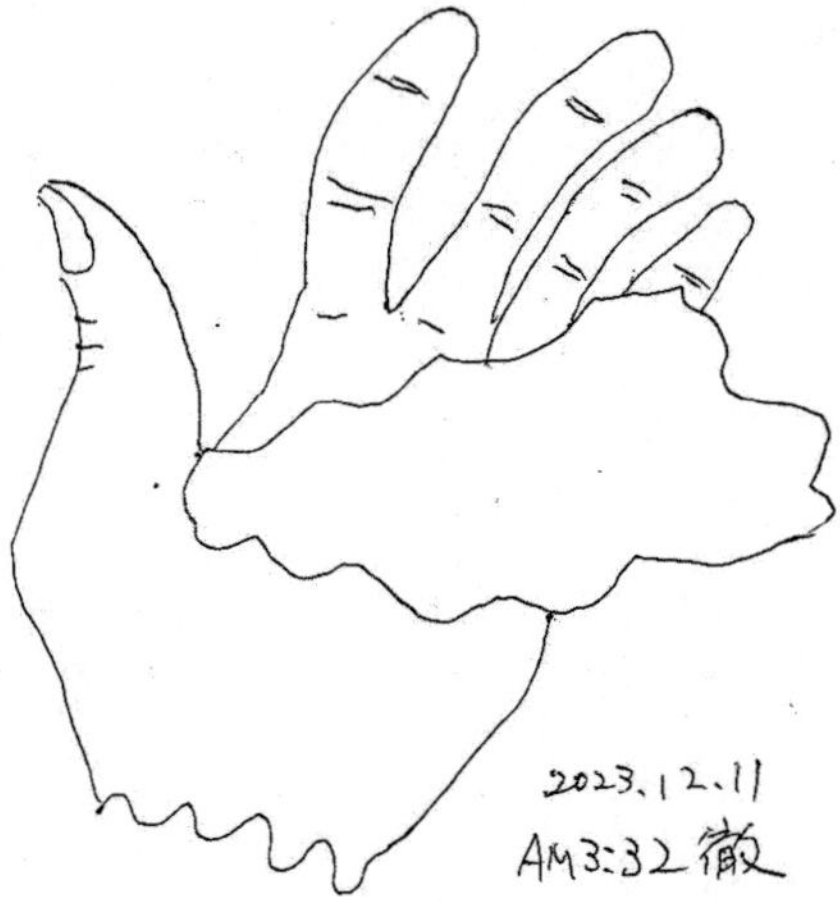

2023-12-12

㉙楽しかった

ひょっとしたら酒はからだにいいのかもしれない。そう思えるこのごろである。もちろん、毎日酒は飲んできた。そろそろ生まれて百年に近づいてきたが、昼間から当てなしで飲んでいる。元来私は酒が好きなので、当てやおかずはなしで飲むのが好きだった。振り返ってみれば、酒を飲まなかった友達、あるいは飲んでいたけれど健康のために途中で止めてしまった友達、彼等はもうこの世にいない。物故の人だった。今では残された二三人の飲み友達だけで、月に何度か居酒屋を訪れている

長い間飲んできたもんだ。だからといって、何か人生にためになることを主張しようとしているわけではない。むしろあと数年、いや一年でもいいから酒を飲み続けてこの世とオサラバするのを、楽しみにして暮らしてきた。酔っぱらってトテモ気持ちよくなって、就寝前には、死神がやって来るのは、いまかいまか、そんな戯れ言を子守唄にしてぐっすり眠っている。

つまり、百年近い歳月を、酒を飲んですっかり忘れて背後に残してきたのだった。だっ

たら、いっそのこと生まれてこなかったほうが、もっと気楽で、誰からも恨みを買わなかったのではなかろうか。そうなんだ。生まれてこなかったら、もっと楽しかった。今夜、酔っぱらってベッドに寝ころんで、ボクはそんな結論を出してしまった。

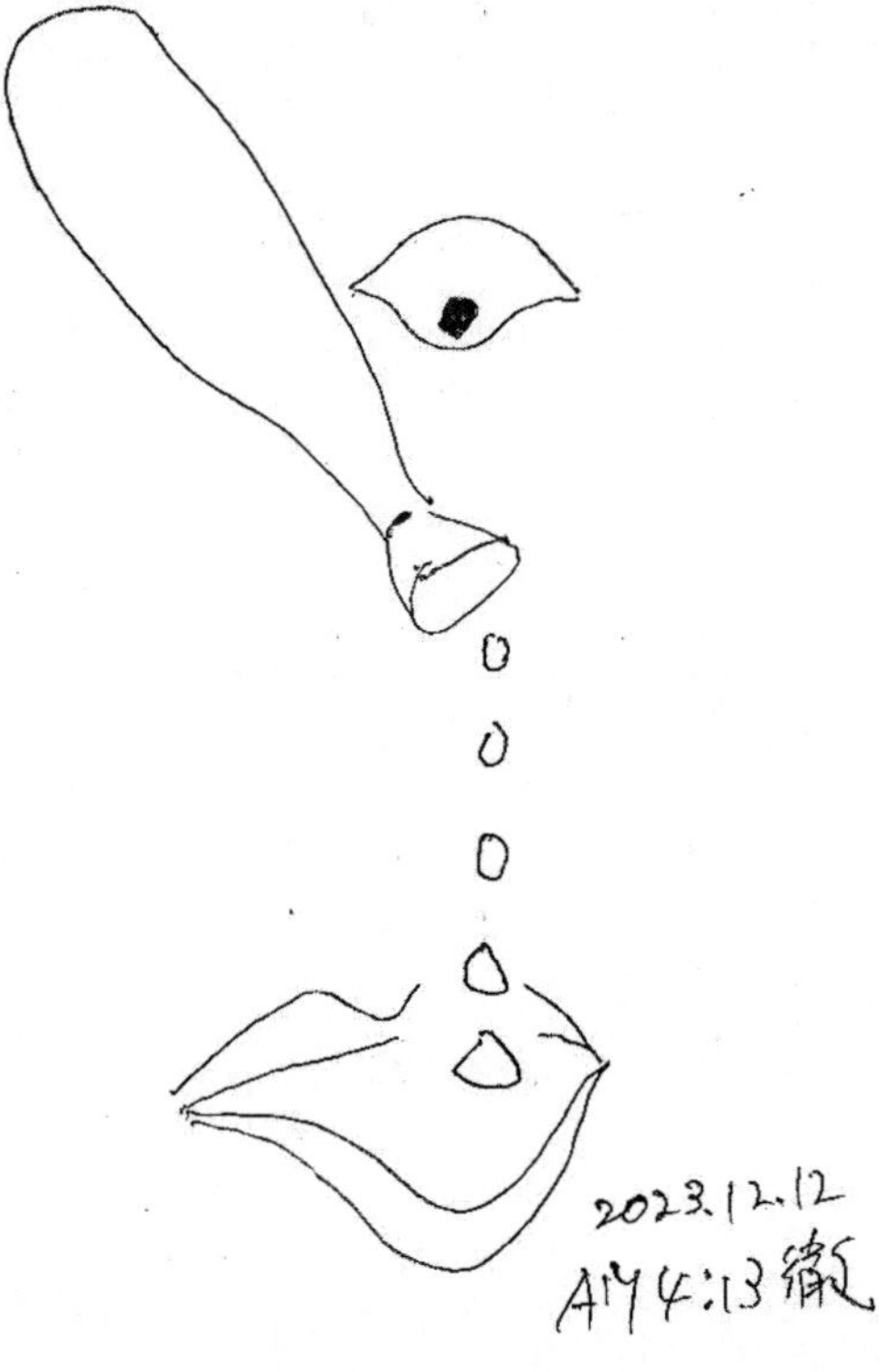

2023-12-13

㉚ こうして死んでいく。

彼は身辺から楽しみがなくなっているのにやっと気付いた。ここで「やっと」と表現したのはそれなりに意味があった。

彼がこの世で生きたこの七十数年間、時に応じて、あれこれ楽しみがなかったとは決して言えなかった。だからこう言えばいいのだろう。楽しみは時と共にそぎ落とされてきたと。

現在、彼の楽しみといっても、酒を飲むことくらいだろう。後は、庭にやって来るスズメたち、おおよそ四十羽くらいやって来るのだが、彼等に一日五回前後、庭にあしらってある一枚板で出来た食卓に小鳥のフードを撒いていっしょに遊び戯れることだった。

もうひとつあった。庭の小さな池に住んでいる三十四歳になる亀。毎週一度くらいやっている池の掃除と水替えの際、しばらく亀と遊んでいる。冬が来れば、バケツに腐葉土を入れてやると、亀はその中に潜り込んで眠りながら越冬し、来年の春を迎えるのだが。

いったいどんな死に方がいいのだろうか。わざわざ自殺までする気は彼にはなかった。

考えるだけで面倒なことだし、そもそも一人で毎日家事や仕事に流されて自殺がどうのこうのなんて思いもかけなかった。なるようにしかならないよ、おそらくそんなアドバイスをくれる人もいるだろう。ただ、そんなうがった考え方も彼にはどうでもよかった。

以前、身障者のカラスがたびたび家の庭へ遊びにやって来た。彼はそのカラスがとても好きだった。右の羽が負傷していて、満足に空を飛べない。右足を引きずりながらピョコピョコ飛び跳ねている。毎日四回ないし五回庭へやってきてご飯を食べていた。おいで、とか、いいよ、など彼の言葉を理解するのだった。けれど、もうこのカラスは亡くなったのかもしれない。この二年、まったく姿を見せなかった。もとはといえば、カラスにあげたご飯の残りを、一羽のスズメが食べに来ていた。いつのまにかそれが二羽になり、カラスが来なくなってから、どんどん増えて、先に述べた通り、今は四十羽くらいだった。

妻を喪って九年が過ぎた。月並みな話だが、彼女と暮らしているだけで彼は楽しかった。もっとも大切だった楽しみが彼から去った。最近では、彼の楽しみは前述した通り、毎日酒を飲み、亀とスズメといっしょに遊ぶことだった。そうだった。この二年間、亀やスズメが友達だった。同じ生きとし生けるものとして暮らしてきたのだった。もちろん言うまでもなく、生まれてからこのかた彼は毎日、他の命を食って自分の命を繋いできたのだった。彼だけではなかった。カラスも亀もスズメもそうだった。彼の知る限り、すべての生命は他の生命を犠牲にして命を繋いでいた。ところで、彼の脳裏にふとこんな思いが走った、この文章を書いているのは、楽しいからか。

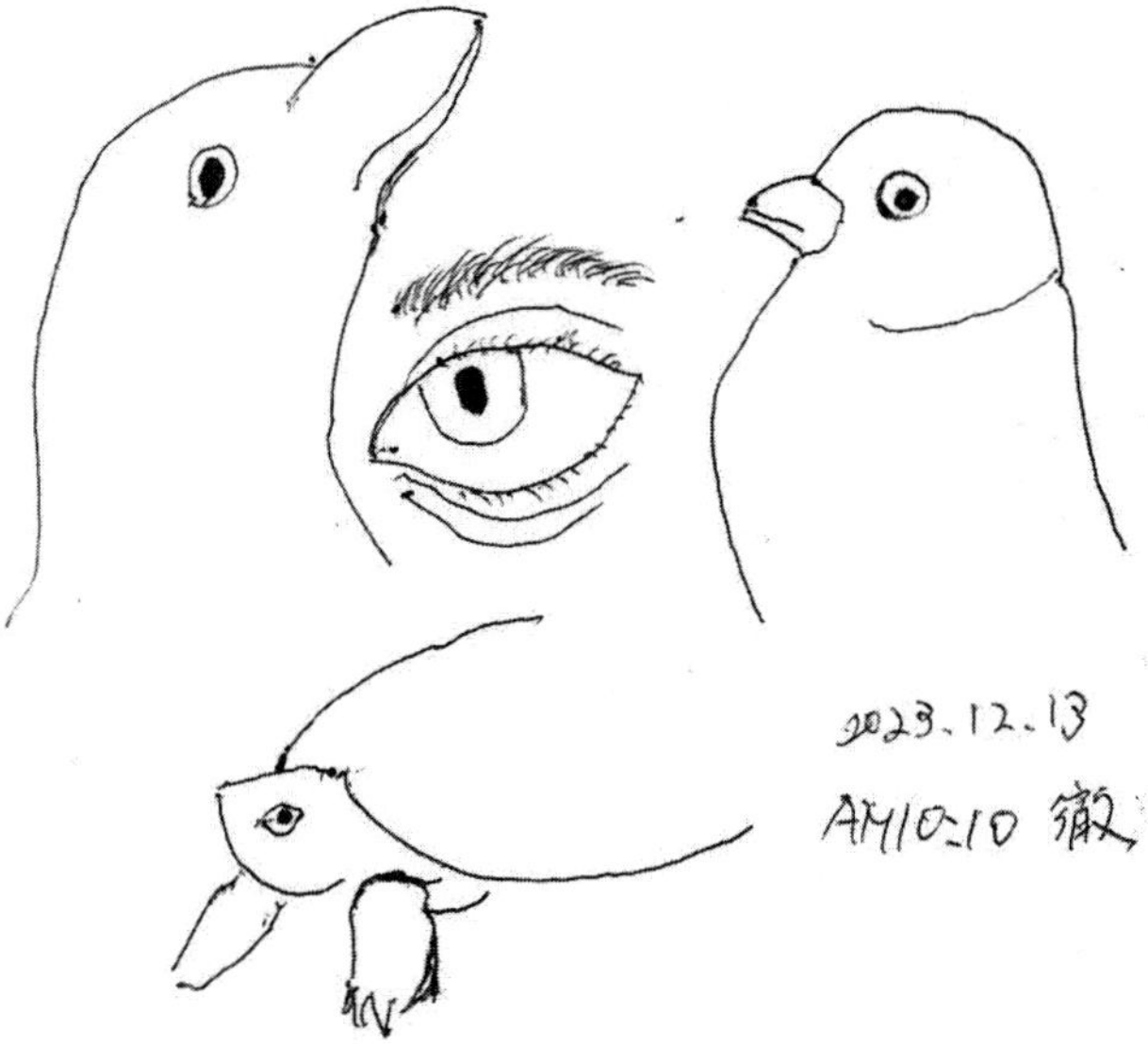

2023-12-14

㉛ ある混乱

やっかいな問題を抱えてしまった。一応息子ということにしてある。何故そんな馬鹿なことをしたんだ、そう問詰されてもお答えするすべはない。

事の次第はこうだった。

展示会で編物のポスターを見ていて、一度やってみよう、まったく思いつきにすぎなかったけれど。それでも一階に編物屋が入っているビルを訪ねた。その時、ハッとして気付いたのだが、編物なんて一度もやったことがないので、何をどう質問していいのやらさっぱりわからない始末だった。妻に相談することにしよう、いったん帰宅することにした。でもせっかくだから編物屋の隣のレストランを覗いてみた。いい雰囲気だった。今度編物屋に寄ったついでに妻とここで食事をしよう、そんな思いが頭に閃いていた。

帰り道をたどりながら、もう一度考え直していた。そうそう。妻に相談しても、どうせムダだろう。もともと編物や手芸、あるいはさまざまなお稽古事は彼女の趣味ではなかった。同じ屋根の下で暮らしてからこのかた、そんな姿は見かけなかった。針仕事さえほとんど無縁の彼女がまして編物なんて。おそらく相談してみても、彼女は驚いたまなざしで、あなた、またなんで編物なんかに興味を持ち始めたの、そんな質問を浴びせられて、却ってわずらわしい思いをするに違いない。だったら、編物屋の隣のレストランに行こう。それなら彼女から余計な質問を受けず、楽しい時間を二人で過ごせるはずだ。

不思議といえば確かに不思議だった。どうしてレストランの前を通り越してそのビルの裏側へ回ったりしたんだろう。そこは工事現場だった。作業員数人が忙しく立ち働いている。スマホのラインで妻を呼び出した。今、工事現場にいるがすぐにレストランへ行く。おしゃれなお店。いっしょに食事でもどうだ。スマホをズボンの右後ろポケットにしまうと、作業員の一人に、レストランはこの裏口から行けますか。そうそうそこからがレストランへの近道ですよ、彼は口元に奇妙な笑みを浮かべていた。

暗い通路を歩いていくと、向こうから息子がやって来た。下半身を露出して、下腹部を押さえている。いったいどうしたんだ。彼は下腹部を両手で揉みしだきながら、通路の片隅に座り込み、このままじゃアもうダメだ、うめき声をあげた。事態が呑み込めなかった。何事が起ったのだろう。息子に違いないと思ったが、長男なのか次男なのか定かではなかった。じっと観察していると、どちらともそれ程似てはいなかった。むしろ彼はここ数年ご無沙汰している兄の顔に近いと思われた。しかし、通路に倒れ込んでいる人間に、いくらなんでもそんな失礼なことを尋ねるわけにはいかなかった。

さらに不思議に思ったのは、何故妻の代わりに息子がやって来たのか、その上こんな重病を抱えて、何故暗い通路へさまよい出て来たのか。何故だ。何故。さっぱり見当もつかなかった。背後から、おそらくあの作業員だろう、救急車を呼んだ方がいいよ、かすれて上ずった声がした。再びスマホを取り出し、１１９を押した。待てよ、やっと彼は思い出していた。そうじゃないか、こんな馬鹿げた話は決して信用なんてしたらいけないんだ、誰かが仕組んだふざけた茶番劇だ。だってそうじゃないか、妻は九年前にもう死んでしまったじゃないか。

2023-12-15

㉜ 十二月の鴉

静かに墓場まで行こうと思う
そんなとりとめもないことを語りあいながら
十二月の夕暮
男は女の肩を抱きしめて歩いていった
屋根の上で　鴉が鳴いた

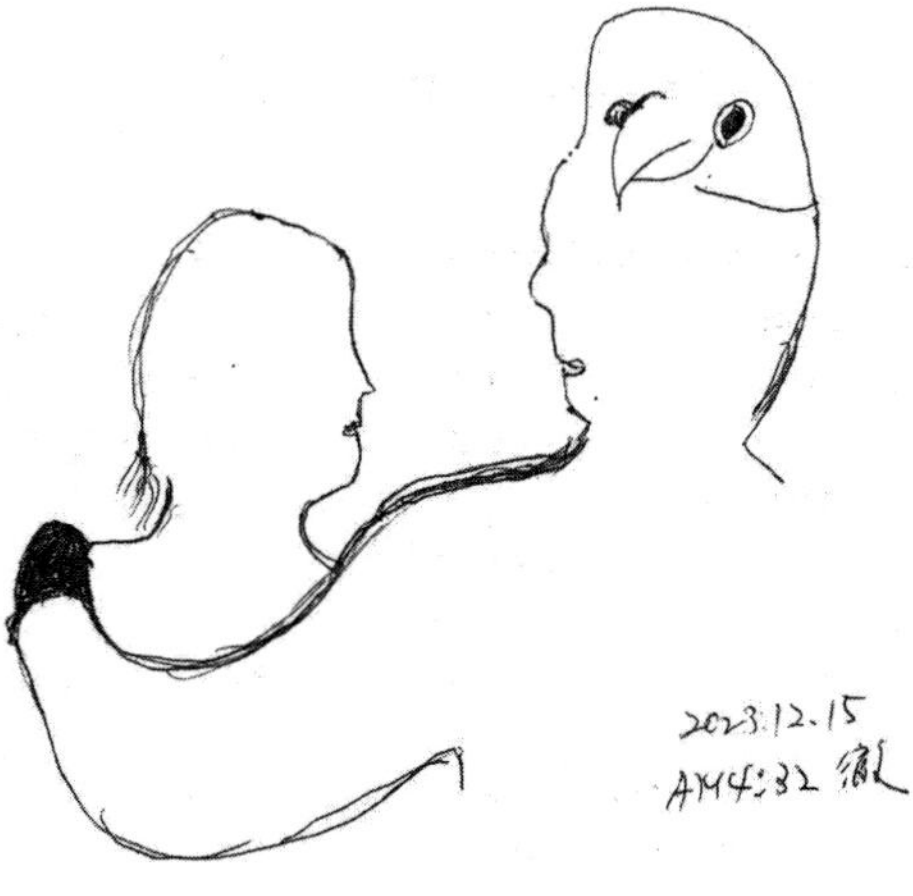

2023-12-16

㉝ 冬の真夏日

余程嫌われているのだろう。ほとんど哀れというほかなかった。だからこの二年間、彼は毎日自分に向かって、おまえはとても哀れな奴だ、何度も言い聞かせ続けてきた。また、こうでもしなければJRの線路に寝転ぶか、ビルの屋上から飛び降りたであろう。

そうじゃないだろうか。人は自分を哀れな奴だとさげすむことで、その日を何とか生き延びていくことだってあるんじゃないか。おまえは最低のニンゲンだ、そうつぶやくことによって、何とかその日をしのぐことが。

十二月の中旬だというのに、十月からずっと初夏のような天気だった。突然、真夏日さえやって来た。昼間、営業で外回りをしていると背中がじっとり汗ばんでくる。何の成果も出せず帰社する道すがら、もう哀れを越して悲惨だった。頭の中に汗がネットリ溜まっている気持がした。

異常気象なのだろう。毎日、ゴキブリの姿を見た。五十を過ぎても独身の彼は一人住まい。黒褐色の楕円形の虫を見かけるたび、スリッパを振りかざし、それを叩き潰すのだった。少なくとも一日に一匹は潰した。多い時には三匹潰すこともあった。

よその家では実際どうなのだろう。やはり毎日家じゅうゴキブリが駆けずり回っているのだろうか。近所付き合いがまったくない彼には知るすべもなかった。いったいこの異常気象はいつまで続くのだろう。

年を越して、二月になってからも夏日が続いている。彼は自問自答した。これは我が家だけの出来事ではあるまい。社会全体の出来事、いや、そこまで考えなくっても、ご近所すべての家で毎日ゴキブリが出没し、スリッパで叩いたり、殺虫剤をまき散らしているはずだ。あるいは、いつの間にか面倒になって、あきらめたすきに、どんどん増えていくのにまかせているのだろう。食事の際でも、食卓の上をゴソゴソ数十匹這いずり回っているのかもしれない。

そういえば、ゴキブリを加工して食用にする話を耳にした。政府も異常気象とそれが及ぼす食糧難への対策のひとつにしているのだろう。ネットでこんなニュースを見て愕然とした。五百キロほど南下した地方では毎日が猛暑日で、ゴキブリが大量発生しているようだ。深夜、酔っぱらって帰宅途上、路地裏で何万匹ものゴキブリに襲われて全身を覆われ窒息死した事件があったそうだ。それ以来夜間は外出禁止になったらしい。飲食店や風俗営業・映画館などの夜間営業の補償問題も深刻になってきている。こうした緊急事態を抱えて、政府のゴキブリ食品化対策は過熱し、環境問題解決のひとつの柱になっているらしい。
もうすぐ北上してくるのかもしれない。スリッパだけではダメだ、彼はそう結論した。辺りにしのび寄る大勢のゴキブリの気配におびえながら、彼はノートにこんな信条を書きつけた。

スリッパだけではだめだ
もしあなたが毎日楽しく生きようとするならば
この状況を素直に受け入れて
率先してゴキブリ料理を学ばなければならない
毎日　それを食べなければならない
全身ゴキブリの服を着て窒息死する前に

2023-12-17

㉞昼は絶えて

私は何が言いたいんだろう。確かに星が出ていた。昼間は雲ひとつない青空だったが、夜も満天星が輝いていた。月は出ていなかった。この時期、月は夜明け前、木星と接近して東の空に浮かんでいるはずだ。だから、人々は月のない星空の下で帰路を急いでいた。

星は星を呼んでいる
夢を重ねあわせて
帰路を急ぎ
昼は絶えて

2023-12-18

㉟ 再就職

直接対応することにした。タマネギを大量にスライスした。再就職をするのならここだ、彼はそんな思いを心に秘めて、タマネギを切り続けた。まだ得体の知れないあいつの仮面を取り外してやる、必ずほんとうの姿をあぶりだしてやる、固く決心したのだった。

強い信念に支えられて、彼はタマネギをスライスし続けたのだった。やがて部屋いっぱいタマネギのスライスが出来上がっていた。これで再就職は合格だった。もう頭上も見えなかった。完全な闇だった。彼はタマネギのスライスに埋没したまま二度と帰らなかった。

2023-12-19

㊱ 交霊会

死者の霊と交わることが出来るという触れ込みに興味を覚え、彼はその会に参加した。申し込みはネットで受け付けていたが抽選で十名ということもあって、まさか参加出来るなんて思いもしなかった。忘れていたころ、案内状が来た。

ビルの八階にある会議室が会場だった。入室すると誰もいない。六畳くらいの部屋の中央にテーブルが一つ、それを挟んで二脚の椅子が置いてあるだけだった。午後八時からということだったが、少し早く来てしまった。まだ十分前だった。とりあえず椅子に座って彼は待つことにした。

ちょうど八時きっかし、ドアが開いて、女性が一人入って来た。彼女はテーブルをはさんで椅子に座り、彼と対面した。素顔がわからないくらいの厚化粧。一見無表情に見えたが、それは誤りだった。じっと見つめる彼女のまなざしから何故か心を蠱惑する波動が迫ってきて、彼の欲情が揺らめき始めているのを覚えなくもなかった。そのうえ、黒いジーンズの上に薄い紫色のブラウスを着て、ほとんど肌まで透けそうなくらいの姿態、彼女の妖しい波動から身をそらすように彼は目を膝に落とした。

「あなたの心の奥底まですべてわたしには見えています」

「参加者は私だけですか」

「もちろん、そうです。霊と交わるためには、マンツーマンでなければなりません。集団では不可能です。わたしの霊気をすべてあなたへ注ぎ込むためには、必ず一対一で応答しなければなりません」

「あなたのような魅力的な人が霊能者なのですか。私にはとても信じられません」

そんな彼の言葉を一切無視して、彼女はこう続けた。

「あなたは今から死の川を渡らなければなりません。対岸で恋しい人が待っています」

そういうと彼女は立ち上がって、彼の背後に回った。化粧と香水の匂いに酔いしれ彼女の体のぬくもりさえ背中に伝わって彼の全身を熱い気配が走りぬけた。どうしていいか頭が混乱して両手がぷるぷる震えているのがわかった。その時、いきなり黒い厚手の布で作った目隠しをされて、何かストローのようなものを右の鼻の穴に突っ込まれた。濃厚な甘く爛れた匂いがした。脳がしびれ、心の底から不思議な快感が噴きあげ、全身が波打っていた。これ以上もう耐えきれなくなって、彼はあえぎ始め、呼吸が乱れてきた。耳もとに波の音がして、体が前後左右にいつまでも揺らめき続けていた。どれくらいの時間がたったのか、彼にはもはや見当もつかなかった。

いつしか波の音が消え、揺らめきも消えていた。穏やかな無音の世界で彼は椅子に座っていた。左肩の側には九年前に亡くなった妻が立っていた。だが、腰から下はなかった。胴体から上だけが宙に浮いていた。

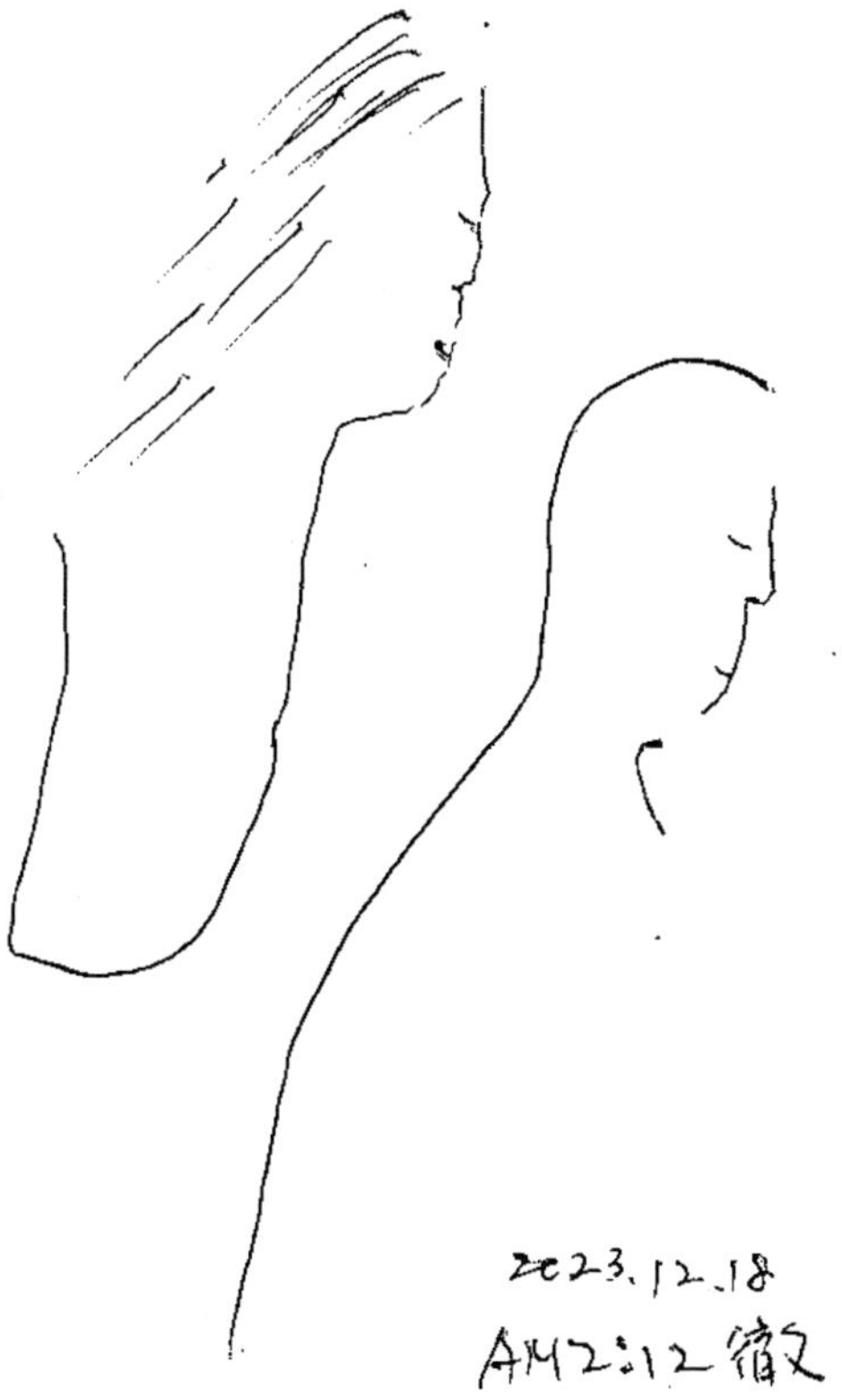

2023-12-20

㊲ 決して忘れない

結びついたまま
離れなくなった
混乱していた
乱れて
右手が出ていた

そんなあなたが好きです

右手を左手が押さえて　中に入れた
足が歩きだした
歩きながら　ほどけていった
結び目は消えていた　でも　決して忘れない

ひとつに絡みあっていた玉

2023-12-21

㊳ 最後の講義

さて、ここでT氏のY研究所における最後の講義のあらましをご報告しておきたい。興味深いだけではなく、心の底に強い印象を残し、少なくともその後の小生の人生の航路を転換させたことだけは告白しておきたい。出来得るなら一人でも多くの人に彼の研究成果をつぶさに知っていただき、ぜひ日々の生活にお役立ていただきたいのが小生の切なる希望である。

能書きはこれくらいにして、ただちにT氏の魔訶不思議な講義、すなわち常に詩的表現で提起された研究論文、ほとんど芸術といっていい崇高なる理論、それはざっとこんな具合だった。――

いいですか、ここですよ。
よくごらんになってください。
もっとです。もっと、じっと。

ホラホラ。音が出る。接触すると、
すべての部位から音が出ています。
あなたの、眼と、耳を強く意識して働かせるのですよ。
ねえ、ホラリン、そんな音かな。
ゆっくり差し込むのですよ。
無理しちゃダメだ。
見本をお見せするので、よく研究して。ホラホラ。こうです。

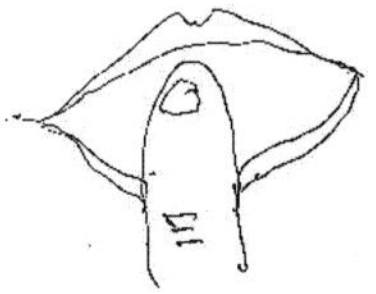

唇の奥に人差指を突き入れると、
ポコリン、ボー、ボー、そんな音がする。
これをとりあえず、体内接触音、
そう規定しておきましょう。
この場合、唇と人差指は、
体内音響装置と規定されます。

この問題と同時に、こいつはどうでしょうか。

玄関ドアがスーと静かに開いて、また、静かに閉まることがある。

何故か。

研究の結果、この玄関ドアを移動透明体が通過した、故にドアが開閉した、そう結論されました。

この詳細と論証は次回の講義で明らかにされるでしょう。

ハイ、きょうはここまで。

今書いているこの報告書の表題を小生は「最後の講義」とした。そのいきさつはこうだ。T氏の講義は常にマンツーマンだった。日時は一定ではなく、不規則というか、ときたま、任意に、気が向けば実施するのだった。彼の私宅で、会員はそれをなぜかY研究所と呼んでいたが、いきなりラインで予定を送信して、例えば金曜日の夜八時から始められた。上述した講義の後、T氏は失踪した。以来現在まで姿を現していない。従って小生は「最後の講義」と題してご紹介に及んだのだった。一日も早いT氏との再会を小生はこいねがっているものである。

いや、ちょっと待て。違う。そうじゃない。違う違う。君だけには正直に話そう。T氏は自ら移動透明体に変身して小生の中に入り込んだのかもしれん。ひょっとしたらY研究所の所在地は小生の体内のどこかに転居したりして。ならば、さてどこだろうか。心臓かもしれないし、あるいは肝臓、いやいや前頭葉45野あたりかそれとも右手の小指か。それともやはり常に全身を移動している公算が高いが、いずれにしても我が体内のどこかに位置し、研究者T氏は流れ流れて大腸や前立腺、果ては左足の親指なんかと激論しながら余生を絶対的真実の探求に捧げているのかもしれん。もはや透明体になって暮らしている彼ならやりかねない。きっとそうだ。きっと、だ。そうだから、暑かったり寒かったりして不快な雑音が絶えないこの世になんかもう金輪際出てこないだろう。間違いない。きっとそうに違いない、今なら小生にもわかる。雑音への未練？　そんなものさらさらありゃしない。この世なんて糞くらえだ！

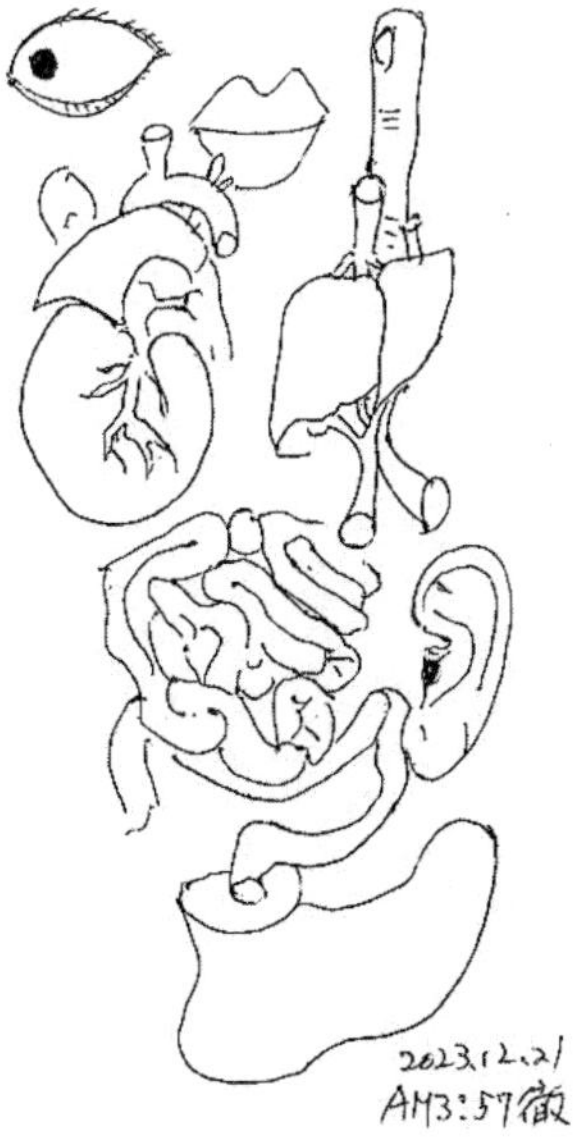

2023-12-22

㊴ お別れパーティー

ボクの方からお別れするつもりなんてみじんもなかった。だが、誘われた以上、その夜、出かけざるを得なかった。ボクにとってはやるせなく、とても淋しいパーティーだった。会費は一人三千円だった。E子の家で。彼女も入れて七人。みんなビールやワインや日本酒を持ち込んでずいぶん酔っぱらって、他愛ないおしゃべりが続いた。

突然E子がボクにこう言った。Tさん、あんた詩を書いてるって、そんなうわさ聞いたの。だったら、ねえここで、いま、あなたの詩を朗読してくれない。台本なしで。即興でもいいの。だって、あと数時間、これがあなたとあたしの最後の夜ですもの。周りからもリクエストの連呼があがった、イイネ、イイネ、ホントにイイネ。

ボクはそうとう酔っぱらっていたのだろう。椅子から立ち上がり、テーブルに両手をついて体を支え、それじゃあ、お別れパーティー、そんな題の詩を即興演奏しましょうか。

体が絶不調を訴えていた

きょうに限ったことじゃないが
耳鳴りがした
全身　ガチャガチャきしり始めた
どこかが折れる音がした
ポキリン　ポキポキ　リンポキ　リンポキ　リンリンリンポキ　ポッキンコロリン
右足が折れたのか　小指か　それとも首、小腸、あるいは……
ホイサ　ホイサ　ホイ　サッサ　それみたことか　ホイサッサ
もうなにがなんだかわからなかった
いつも　こうだった
話すことがデタラメだった
あなたに
サヨナラも言えない
お別れパーティー
こんなにも愛してるのに
好きだ
この一言が出なかった
最後の夜なのに

体が絶不調を訴えていた
小指が折れたのか　それとも右足が折れたのか　首か　小腸か　あるいは……
ポキリン　ポキリン　ホイッサ　ホイッサ　ポキリンホイッサ　ポッキンホ……

……………………………………………………………………………………

すっかり酩酊してしまって、そのあと何があったのか、もう定かではなかった。言うまでもなくあのパーティー以来、E子とは一度も会っていない。いや、より正確に言えば、永遠に音信不通だった。すい臓がんの末期だったE子。余命一か月なの、耳もとで囁いた彼女の声がきのうのように残っている。最後のパーティーの夜、泥酔した脳裡に浮かんでいるこんな二行詩を鉛筆で紙ナプキンに書いて、彼女に渡そうとして、やはり渡せなかった。

会っているあいだだけが　あなただった
でも　別れても　あなたは消えなかった

2023.12.22
AM5:13 徹

著者紹介

山下　徹

現住所　〒659-0035
兵庫県芦屋市海洋町三番五号

「芦屋芸術」主宰
web　http://ashiya-art.com
http://ashiya-art.main.jp

錯乱詩集　一日、一詩。

二〇二四年四月二〇日発行

著　者　山下　徹
発行者　松村信人
発行所　澪　標
大阪市中央区内平野町二‐三‐十一‐二〇二
TEL　〇六‐六九四四‐〇八六九
FAX　〇六‐六九四四‐〇六〇〇
振替　〇〇九七〇‐三‐七二五〇六
印刷製本　亜細亜印刷株式会社
DTP　山響堂 pro.